취업
성공
바이블

나를 200% 업그레이드하는

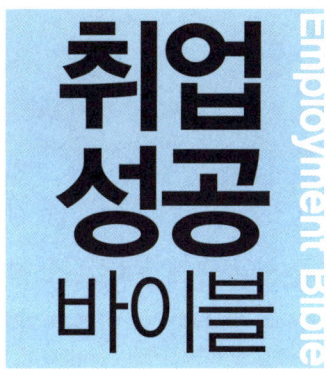

취업
성공
바이블

Employment Bible

전도근 지음

해피앤북스

개인에게 직업은 살아가는 데 필요한 물질적 자원을 정당하게 취득할 수 있게 하는 수단이기도 하고 그 개인의 사회적 지위를 결정해 주기도 하면서 동시에 개인의 자아를 실현하는 기회를 마련해 주는 것이기도 하다. 따라서 직업은 개인의 인생에 아주 중요한 역할을 수행하는 것을 알 수 있다. 선택한 직업으로 인하여 편안한 여생을 보내기도 하지만 직업을 구하지 못하거나 잘못 선택한 직업으로 인하여 인생이 꼬여 가는 경우를 주변에서 쉽게 볼 수 있다. 그러나 어쩌면 취업을 한 사람은 행운일 수도 있다. 우리나라는 수년째 불황의 터널에서 일자리가 줄어가고 있어 청년 실업자의 증가는 물론 청년실업자, 삼팔선, 사오정, 오륙도 등의 신조어를 만들어 가면서 취업난을 대변하고 있다.

실제로 서울시가 모집한 불법 주·정차 단속 비전임 계약직에 대기업간부, 박사학위 소지자 등 40~50대의 초 고급인력이 대거 몰려 심각한 재취업난을 실감케 했다. 아울러 많은 대기업들이 외국으로 이전하는 추세라 중소기업이 국내 고용에서 차지하는 비중은 85.6%, 현재는 이보다 늘어난 90% 수준인 것으로 추산된다. 단순 계산을 하면 5년 안에 국내 일자리의 72%가 사라진다는 얘기다. 게다가 중국에 진출해 있는 기업의

44.6%는 앞으로 국내 생산 비중을 축소하거나 중단하겠다고 답했다. 기업의 해외 진출이 국내 산업의 공동화로 직결된다는 얘기다. 이렇게 된다면 청년실업은 도저히 해결할 길이 없어진다. 그뿐만 아니라 중장년도 조만간 실업자로 전락할 수밖에 없게 된다.

이처럼 우리나라 취업 시장은 매우 심각한 위기에 놓여 있다. 이에 따라 각 대학들도 취업관련 과목을 별도로 만들고, 졸업생애프터서비스(AS)제를 실시하는 등 취업 총력전을 펼치고 있다. 몇 년 전만해도 생각할 수도 없었던 대학의 취업 풍속도가 생겨나고 있는 것이다. 이것만이 아니라 졸업 전에 미리 기업이 원하는 인재를 맞춤식으로 교육하여 현장에 공급하고 있다. 결국 준비하지 않으면 이제는 취업도 어려운 시기가 된 것이다.

이러한 시점에서 이 책은 자기가 원하는 성공적인 취업을 위해서 얼어붙은 노동시장의 틈새를 공략하고 완전하게 한번에 취업할 수 있는 비결들을 제안하고, 회사에서 원하는 인재가 되기 위한 방안을 제시하고자 한다.

이 책을 통하여 취업이라는 목표를 이루고자 하는 사람들이 원하는 직장에서 자아실현 할 수 있는 행복한 세상이 오기를 기원해본다. 마지막으로 어려운 여건에서도 이 책의 출판을 도와주신 해피앤북스 사장님과 직원 여러분들의 노고에 깊은 감사를 드린다.

2010년 꽃피는 봄날
지은이 전도근

 **목차**

제1장

직업을 가지려면 시대를 읽어라

행복한 삶의 비결

'달과 6펜스'의 작가 서머셋 모옴이 문단에 데뷔한 지 얼마 되지 않았을 무렵의 일이다. 당시 그의 소설은 인기가 별로 좋지 않았다. 출판업자들도 더 이상 선전을 해도 소용이 없다는 질밍직인 말을 했다. 몹시 실망한 그는 차츰 자신감을 잃어 우울한 나날을 보내게 되었다. 그는 늘 찡그리고 다녔으며 얼굴에는 우울한 그림자가 떠나지 않았고 점점 신경질적으로 되어갔다.

그러던 어느 날 어떤 부인이 그의 사무실을 방문했다. 그녀는 모옴의 소설을 읽고 몹시 감동을 받아 직접 만나고 싶어서 찾아왔다고 말했다. 그 부인은 나이는 많았지만 기품이 있어 보였다. 다른 사람에 비해 빼어난 외모는 아니었지만 그녀의 얼굴에는 왠지 모르게 다른 사람

11

들과는 확실하게 구분되는 아름다움이 있었다.

모옴은 자신이 쓴 소설의 최초의 팬으로서 직접 방문해 준 그 부인에게 고마움을 표현하는 뜻에서 물었다. "당신은 얼굴만 아름다울 뿐 아니라 당신의 모든 것이 놀라울 정도로 밝고 매력적으로 느껴지는데 그 비결이 무엇입니까?" 그러자 그 부인은 다음과 같이 대답했다.

"나는 나의 입술로 진실을, 나의 눈으로 관심을, 나의 손으로 봉사를, 나의 얼굴로 정직을, 나의 목소리로 친절을, 나의 가슴으로 사랑을 표현합니다. 그리고 마지막으로 나를 싫어하는 모든 사람들을 위해서는 간절한 내 마음을 담아 기도하지요. 이것이 내 마음을 편안하게 하고 더불어 내 모습을 아름답게 하는 삶의 비결입니다."

모옴은 사랑의 아름다움이 외모에서만 오는것이 아니라 사람의 마음에서 오는 것이라는 사실을 깨달았다.

1. 직업이란 무엇인가?

과거 농경사회에서는 주로 농업과 관련된 직업만이 있었다. 하지만 18세기 영국의 산업혁명 이후 과학 기술의 발달로 산업 구조는 공업위주로 변화되었고, 이것은 다시 생산적 서비스업으로 바뀌었으며, 최근에는 우주 공학, 유선 공학, 컴퓨터, 반도체 공학 등 첨단 산업의 발달하는 정보 산업 시대로 변화하고 있다. 직업은 시대의 구조와 발달단계에 따라 그 종류도 다양화, 전문화, 세분화되어 간다.

오늘날의 급진적인 사회 변화는 구직자들이 미래에 슬기롭게 대처할 수 있고, 전체적 직업의 세계를 이해할 수 있어야 한다. 과거의 단순한 직업구조와 달리 현재 직업의 종류와 수는 약 2~3만 여종이 존재하고 사회의 변화에 따라 새로 생겨나기도 하고 없어지기도 한다. 전문가들에 의하면 현존하는 직업의 25%가 25년 전에는 없었던 직업

이고, 앞으로 현존하는 직업의 50~70%가 없어지고 새로운 직종으로
바뀌게 된다고 한다.

　이러한 시대에서 '과연 우리는 어떤 직업을 갖는 것이 좋을까?' 또
는' 어떤 직업관을 가지고 살아야 평생을 행복하게 살 수 있는가?'는
우리에게 가장 중요한 이슈라고 할 수 있다.

　직업의 사전적 의미는 경제적 소득을 얻거나 사회적 가치를 이루기
위해 참여하는 계속적인 활동을 말한다. 넓은 개념으로 커리어
(Career)라고 하며 이는 보수나 시간에 관계없이 한 인간이 평생 동안
하는 일의 총체라고 할 수 있다. 좁은 의미로는 오큐페이션
(Occupation)이라 하여 반드시 보수가 지불되는 직업을 말한다. 또한
잡(job)은 직업의 최소 단위를 구체적으로 표현한 것이다.

　직업의 목적 의미는 크게 생계유지의 수단, 사회생활 및 봉사의 수
단, 자아실현의 수단으로 나눌 수 있다. 전통적인 사회에서는 직업을
오로지 생계유지의 수단으로서 생각하는 사람이 많았다. 사람은 직업
을 통하여 지속적으로 일정한 수입을 얻을 수 있기 때문에 자신과 가
족의 경제생활을 유지하는 데에 중요한 수단이 되었다.

　그러나 요즘에 들어와서는 직업을 단순히 생계유지의 수단을 넘어
서 사회생활 및 봉사의 수단으로 생각하는 사람이 증가하고 있다. 또
한 직업을 가짐으로써 원만한 사회생활을 유지하는 데에 중요한 수단
이라고 생각하는 사람들도 늘어나고 있다. 이는 직업이 개인을 사회와
연결하여 서로 협동하고 의존하는 관계로 만들어 주기 때문이다.

현대에는 직업을 자아실현의 수단이라고 생각하는 사람들이 많아짐에 따라 직업을 통하여 자신의 능력을 발휘하고, 꿈과 포부를 실현하려고 한다. 이제 사람들은 직업을 자신이 하고 싶었던 창조적이고, 보람 있는 일을 하게 하는 수단이라고 생각한다.

종합해 보면, 직업은 생계유지의 수단으로 먹고 사는 문제를 해결하는 역할을 넘어서 사회생활을 유지하거나 자아실현을 하게 한다. 결국 사람이 직업을 가지는 가장 큰 목적은 자신이 가지고 있던 꿈을 실현하여 자아실현의 기쁨을 맛보기 위해서 라고 할 수 있다.

2. 직업 선택의 기준은 욕구에 달려있다.

　사람들이 직업을 선택하는 이유는 매우 다양하다. 인간은 원시시대부터 사회를 구성하고 그 안에서 삶을 영위하여 왔다. 원시시대에서는 직업의 의미도 없었으며 채집과 사냥이 대부분을 차지하였으며, 사회는 단순하였다. 그래서 사람들이 가질 수 있는 욕구는 생리적 욕구가 주가 되었고 생리적 욕구를 넘는 더 이상의 욕구는 많지 않았다. 시간이 흐르면서 사람들은 생리적 욕구를 지속적으로 유지하려는 또 다른 욕구를 가지게 되었으며, 이로 인해 경작과 목축을 하는 정착생활은 자연스럽게 사회나 조직을 형성하게 되고, 여러 복합적인 욕구가 뒤섞여 있는 국가나 단체로 발전하게 되었다.

　현대 사회는 기술의 발달과 함께 급속한 변화를 하고 있으며 이로 인해 직업의 종류 역시 빠른 속도로 세분화되고 변화하고 있다. 이제 급변하는 미래에 대처하는 능력은 현대 사회에서 살아남기 위한 필수 조건으로 이 변화의 속도를 따라가지 못하는 사람은 사회의 낙오자가 된다.

사회가 단순할 때만해도 알아야 할 것이 많지 않았다. 하지만 사회가 복잡해짐에 따라 알아야 할 것과 배워야 할 것이 점점 더 많아지면서, 그 속도를 따라가지 못하는 사람들에게는 새로운 분야는 압박이 되고 있다.

머슬로우(Maslow)는 이러한 인간의 욕구의 변화에 따라 7단계로 나누고 그에 상응하는 욕구의 위계를 제시하였다. 생리적 욕구, 안전에의 욕구, 소속에의 욕구, 존경의 욕구를 결핍욕구라고 하였으며, 지적욕구, 심미적 욕구, 자아실현의 욕구를 존재욕구라고 구분하였다. 결핍욕구는 일단 만족되면, 그것을 달성하려는 동기가 감소하게 된다. 그러나 존재욕구는 충족되면 충족될수록 더 높은 성취를 위해 증가된다. 예컨대 배우고 이해하는 노력이 성공적일수록 사람들은 더 큰 배움을 위해 한층 노력하게 된다. 그러므로 머슬로우에 의하면 결핍욕구와는 달리 존재 욕구는 완전히 충족될 수 없으며, 그것을 성취하려는 동기는 끊임없이 유발된다고 볼 수 있다.

결국 직업이 필요한 이유는 인간의 끊임 없는 욕구 충족으로 인한 것이 대부분이다. 따라서 직업이 필요한 이유를 머슬로우의 욕구 7단계에 대입하여 분석해 보면 다음과 같다.

머슬로우의 욕구 7단계

종류	구분	내용
생리적 욕구	식욕과, 수면욕, 성욕, 식사 물, 고통회피, 작업장에서는 봉급 및 작업환경	경제적으로 겪는 문제를 해결하고 싶은 욕구, 돈을 벌고 싶은 욕구
안전에의 욕구	도둑으로부터의 안전, 위험, 사고로 부터의 보호, 안전한 작업환경, 봉급인상 및 건강증진환경	새로운 사업이나 창업을 하고 싶은 욕구, 새로운 직업을 갖고 싶은 욕구, 자신의 건강을 챙기고 싶은 욕구, 새로운 분야에 진출하고 싶은 욕구
소속에의 욕구	동료 간의 친화, 대인간의 만족	직장 내에서 좋은 인간관계를 맺고 싶은 욕구
존경의 욕구	자기 존경, 목적달성 후의 인정, 자신감 등, 작업장에서의 개인의 능력 발휘로 인한 작업성과 향상	남들에게 존경받고 싶은 욕구
지적 욕구	지적인 욕구로 지식을 배우고 싶어 하는 욕구	새로운 직업을 갖기 위해서 갖추어야 할 교육에 대한 욕구, 전문가가 갖추어야 할 커리어에 대한 욕구, 자격증을 취득하고 싶은 욕구, 학위를 취득하고 싶은 욕구, 공부하고 싶은 욕구
심미적 욕구	예술적 아름다움을 향유하고 싶은 욕구	좋은 것을 보고 싶은 욕구, 좋은 음식을 먹고 싶은 욕구, 좋은 것을 갖고 싶은 욕구, 좋은 곳에 가고 싶은 욕구
자아실현의 욕구	잠재적 성장이 최고조에 도달했을 때 발생하며 개인의	자신이 목표한 것을 실천하고 싶은 욕구, 원하는 목표를

성장과 그들의 기술 능력을 개발하고 발전시켜 더 높은 목표에 도전하고 혁신하는 단계	달성하고 싶은 욕구

한편 머슬로우의 욕구 이론에 대한 반론도 있다. 머슬로우는 아랫단계가 채워져야 윗 단계로 넘어간다고 했지만, 사실 그렇지 않은 경우도 있다는 것이다. 가령 자원봉사자들은 경제적으로 충족되진 않지만 봉사를 통해 자아실현을 하고자 하며, 수도하는 사람들은 배고픔을 견디며 자아실현의 경지에 올라 있기 때문이다. 그밖에도 예술가나 학자들처럼 심미적 욕구, 지적 욕구를 채우기 위해 배고픔도 참고, 인간관계도 포기하면서 더 높은 욕구를 채우고 있기도 한다. 하지만 그럼에도 불구하고 머슬로우 이론이 설득력 있는 것은 일반적인 사람들에게 이러한 이론은 상당히 설득력 있게 적용되기 때문이다. 자신의 욕구 수준이 이디에 있는지를 알고, 그러한 삶을 누리기 위해서는 그에 맞는 직업을 선택해야 인생이 행복해진다.

3. 인생을 행복하게 살기 위해선
좋아하는 직업을 선택하라

세상에는 수도 없이 많은 직업이 있으며, 세상의 변화에 따라 직업
이 없어지기도 하고 새로 만들어지기도 한다. 1950년대 우리나라 직
업의 종류는 불과 2천여 종에 불과했는데 1960년대 이후 산업화 과정
을 거치면서 직업의 숫자는 계속 늘어만 갔다. 과거의 단순한 직업 구
조와 달리 현재 직업의 종류와 수는 약 3~5만여 종이 존재하고 있고
사회의 변화에 따라 새로 생겨나기도 하고 없어지기도 한다. 예를 들
어 이전에는 없었던 프로 게이머, 라이프 코치등이 생긴 새로운 직종
이다. 이러한 변화로 취업자들은 직업의 종류에 대한 충분한 정보를
수집하고 그 정보를 자신의 적성에 맞게 활용해야만 자신에게 맞는 직
업을 선택할 수 있다.

직업은 우리의 삶에 중요한 역할을 수행한다. 우리는 평생 어떤 형

태로든지 직업과 관련된 삶을 살아갈 수밖에 없다. 사람들은 직업을 통해 생계를 유지하고 사회적 역할을 수행하며 자아실현을 이룬다. 하지만 같은 직업이라 하더라도 모든 사람에게 같은 의미로 해석되지는 않는다. 어떤 사람들은 자신에게 맞는 직업을 선택하여 보람과 긍지를 느끼면서 삶을 누리고 있고, 또 어떤 사람들은 지금의 직업을 선택한 것에 대해 후회를 하며 한숨으로 세월을 보내기도 한다. 정말 좋은 직업이란 사람의 개성이나 취향에 따라 다를 수밖에 없다. 보편적으로 다음과 같은 직업이 좋은 직업이라 할 수 있다.

가) 자기의 적성에 맞는 직업

옛말에 평양감사도 자기가 싫으면 의미가 없다고 했다. 아무리 금전적으로 풍족한 수입을 보장한다하더라도 본인의 적성에 맞지 않으면 일은 즐겁지가 않고 스트레스만 받게되어 행복한 삶을 사는데 지장을 준다. 따라서 직업을 선택함에 가장 중요한 것은 바로 적성이라 하겠다. 사람은 자신의 적성에 맞는 일을 할 때, 자부심을 느끼고 진정으로 일을 즐길 수 있게 된다.

나) 충분한 수입을 가져다주는 직업

인간이 자본주의 세상을 살아가려면 금전적인 문제를 해결하지 않고는 살수가 없다. 간단한 의식주를 해결하기 위해서도 최소한의 금전은 필요하다. 이러한 금전을 제공하는 것이 바로 직업이기에 의식주를 해결하는데 충분한 수입이 보장되는 직장, 나아가 노후의 생활까지도 책임질 수 있을 만큼의 수입이 보장되는 직업을 선택해야 한다.

다) 정년을 보장받는 직업

직업은 오랫동안 일을 한다는데 의미가 있다. 보수나 적성에 맞는다해도 그 일을 얼마하지 못한다면 다른 직장을 구하기 위한 정신적인 부담이 커서 제대로 사는게 힘들게 된다. 따라서 보수는 좀 적더라도 정년이 긴 직장일수록 발전은 적지만 마음의 안정을 가지고 근무할 수 있다. 그래서 오늘날 공무원이 일반 직장인들 보다 정년이 길기 때문에 인기가 많다.

라) 신변의 안전이 보장되는 직업

직업에는 사무실 같은 환경에서 일하는 경우도 있지만 때로는, 전쟁터에서 죽음을 담보로 일을 해야 할 때가 있다. 물론 나름대로 개인적인 사정이나 국가적인 필요성 같은 명분이야 있겠지만 굳이 신변의 안전이 보장되지 않는 직업을 선택하는 것은 그리 현명한 처사가 아닐 것이다.

마) 자긍심을 가질 수 있는 직업

지금은 직업의 귀천이 사라져간다고 한다. 그러나 아직까지 우리 사회에서 선망하는 직업은 남아있다. 개인적으로야 무슨 일을 하든 문제가 없지만 주변의 부모나 배우자, 자녀들까지도 자긍심을 가질 수 있는 직업이냐는 것이 문제다. 물론 자신의 긍지가 제일 중요하겠지만, 직장을 마음대로 선택할 수 있는 사람이라면 주변에서도 자긍심을 느낄 수 있는 직업을 선택하는 것이 좋다.

바) 사회적으로 봉사할 수 있는 직업

일에는 금전적인 수입과 함께 보람이 따른다. 보람 있는 일이란 나의 수고에 의하여 타인들이 기쁨을 느낄 수 있는 일일 것이다. 그러한 일이 바로 남에게 봉사할 수 있는 일이다. 이러한 일은 공무원뿐만 아니라 사회복지사들도 어려운 여건 속에서도 지역주민늘을 위한 봉사활동을 통해 보람 하나로 일을 하고 있다.

사) 충분한 여가와 자유가 보장되는 직업

요즘 대기업들은 생존경쟁이 치열하다. 직장 내에서는 승진이나 회사에서 퇴직 당하지 않으려고 생존경쟁을 벌인다. 따라서 시키지 않아도 회사에 남아 일을 하기도 하고, 자기의 발전을 위하여 주말도 쉬지 않고 회사에 출근하기도 한다. 자의적인 여가의 반납은 나름대로 보람 있는 일이지만 회사의 규정에 의하여 어쩔 수 없이 늦게 퇴근하거나 쉬는 날이 없는 직장은 사람을 금방 지치게 만든다. 생산성이 높으려면 휴식도 중요하다. 이러한 이유로 요즘은 직장 선택에 있어서 중요하게 작용하는 것이 바로 근무시간이나 근무일수다. 따라서 건강하고 즐거운 삶을 누리기 위해서는 근무시간이나 근무일수가 짧은 직업이 좋다. 그래서 교사와 같이 방학이라는 긴 휴가를 얻는 직업을 선택하려는 사람이 늘고 있다.

아) 성취감을 맛볼 수 있는 직업

어떤 직업은 일 년 내내 하루 종일 작업라인에서 한 가지 부품을 정해진 공간에 꼽는 일만 하는 직업이 있다. 기계와 같이 단순한 작업을 반복하는 일이 적성에 맞는 사람도 있기도 하지만 대체로 인간은 단순한 일을 반복적으로 하면 지루해하고 의욕을 상실하게 된다. 단순한 작업이 아니더라도 일에 대한 성취감을 느끼지 못한다면 일상적인 일의 반복이 되기 때문에 같은 일을 오랫동안 종사하기는 어렵다. 성취감은 어떤 일을 했을 때 그것을 이루고 나서 느끼는 느낌을 말한다. 따라서 성취감을 느낄 수 있는 일을 해야 오랫동안 일을 즐겁게 할 수 있도록 하는 원천이 될 수 있다.

4. 직업 선택의 기준이 바뀌고 있다.

직업의 귀천의식이 강한 사회일수록 직업을 생계 수단으로 생각하기 때문에 보상수준이 직업의 좋고 나쁨의 기준이 된다. 결국 이러한 사회 분위기는 자신의 재능이나 적성은 무시한 채 보상수준이 높은 직업을 선택하게 한다. 직업의 좋고 나쁨을 보상수준으로만 따지게 되면 하위 직업 종사자는 열등감으로 인해 직업만족도는 낮아지고, 보상이 높은 상위 직업 종사자 역시 적성에 맞지 않는 직업을 선택하였기에 사회 전체의 직업만족도는 낮아지게 된다.

한국직업능력개발원의 조사결과를 보면 대표적 고소득 직업이자 선망의 대상인 의사들이 정작 직업 만족도가 낮다는 결과가 있다. 얼마 전 치과 의사로 근무하던 K모 의사는 갑자기 병원을 남에게 팔고, 국수집을 차려서 화제에 오른 적이 있다. 매일 얼굴을 찡그리는 사람들만 상대를 하던 어느 날 자신에게 '내가 하고 있는 일이 정말 행복한가?'라는 질문을 던지고 나서 마음을 결심했다는 것이다. 사람들에게 소위 출세했다고 할 수 있는 의사라는 직업을 가진 사람이 한 날 국수집을 차린 것은 신선한 충격이었다. 하필이면 많고 많은 직업 중에서 "왜 국수집을 차렸는가?"에 대한 질문에 K씨는 "얼굴 찡그리는 사람들보다는 내가 해주는 국수를 먹고 기뻐하는 모습을 보는 것이 좋아서 선택했다"고 하였다.

청년 실업이 증가하고 일자리를 찾으려다 못 찾아 자살하는 시대에 무슨 배부른 소리냐고 할 수도 있겠지만 직업관을 올바로 갖지 못한다면 K씨와 같이 만족하지 못하는 인생을 살다가 직업을 전환해야 하는 일을 경험하게 될지도 모른다. 따라서 직업을 선택하기 위해서는 직업관을 확실히 가져야 한다. 직업관이 뚜렷할 때는 좋은 직업이나 나쁜 직업에 대한 편견을 갖지 않게 된다. 그러나 직업관을 뚜렷하게 갖지 못하면 직업을 선택할 때의 기준을 좋은 직업과 나쁜 직업만으로 구분하려는 성향이 생긴다.

존재하는 모든 직업에는 모두 장단점이 있어서 절대적으로 좋거나 절대적으로 나쁜 직업은 없다. 그리고 직업은 각 개인이 어떻게 생각하느냐에 따라 직업의 특성이 장점이 될 수도 있고 단점이 될 수도 있다. 예를 들어, 어떤 사람은 우유 배달을 아침 일찍해야 하므로 그것이 단점이라고 하고, 어떤 사람은 우유 배달을 아침 운동으로 보고 그것이 큰 장점이라 한다. 따라서 직업의 좋고 나쁨은 개개인에 따라 다른 상대적인 개념이지 절대적인 개념이 아니라는 것이다. 또, 나의 모든 것을 충족시켜 줄 수 있는 직업은 없으므로, 내가 바라는 우선순위를 설정하고 상대적으로 그 요인을 가장 잘 충족시켜 줄 수 있는 직업을 고려해야 한다.

미국의 정책연구기관인 카토연구소에서는 행복과 관련하여 주목할 만한 연구결과를 내 놓았다. 연구에 따르면 사람의 행복을 결정하는 가장 중요한 요인은 유전자로서 대략 50%가 이에 의해 결정되고 우리가 중요하게 생각하는 사회적 지위, 결혼, 건강, 소득, 직업 등은 겨우 우리의 행복을 결정하는데 10~15%만 기여한다는 것이다.

또한 경제학자 프레이와 스터쳐는 국민소득이 높을수록 국민의 행복감이 높아지지만 1만 5천 달러를 넘는 국가들에서는 국민소득과 행복 간에 관계가 떨어진다고 한다. 이는 소득이 일정 수준을 넘게 되면 물질적 풍요만으로 국민이 행복 수준을 높이기는 더 이상 쉽지 않다는 뜻이다. 경제 정책의 성공 여부를 국민소득의 크기로 측정하고 국민의 행복이 주로 국민소득에 의해 결정된다고 간주하여 온 지금까지의 경제학과는 다른 입장이다. 이 연구들의 특징을 보면 직업을 선택할 때 사회적 기여와 자기만족이 중요한데도 지금까지 우리는 돈을 버는 것을 목적으로 정신적 가치를 상대적으로 등한시하였다.

5, 88만원 세대의 비정규직 시대

최근 주목받는 경제학자 우석훈 박사와 전직 〈말〉지 기자 박권일의 공저인 『88만원 세대』는 우리나라의 20대가 처하게 될 경제적 운명에 대해 다음과 같이 말하고 있다.

『88만원 세대』는 20대의 95%가 비정규직 노동자가 될 것이라는 예측 아래 비정규직 평균임금 119만원에 20대 급여의 평균비율 74%를 곱한 수치인 88만원을 임금으로 받는다 하여 앞으로의 경제상황 악화와 취업난을 88만원에 빗대어 표현하였다.

지금의 20대는 상위 5% 정도만이 공사나 대기업 그리고 공무원과 같은 '단단한 직장'을 가질 수 있고, 나머지는 이미 인구의 8백만을 넘어선 비정규직의 삶을 살게 된다.

이런 현상은 일본의 '버블 세대' 유럽의 '1천유로 세대', 미국의 '빈

털터리 세대'에서도 비슷하게 일어났지만, 우리나라에서는 훨씬 빠르고 훨씬 심각하게 진행되고 있다. 『88만원 세대』는 세대 간 불균형이 경제를 비롯한 사회 전반적으로 진행되면서 정치적 자기 보호 능력이 없는 지금의 20대에게 그 피해가 집중되었다고 한다. 『88만원 세대』는 지금의 10대와 20대는 앞으로 기껏해야 주유소나 편의점을 떠도는 '알바 인생'이거나 비정규직 신세로 전락할 것이라고 예측한다.

우리나라는 OECD 다른 국가들에 비해서 20대의 사회진출이 늦어지고 있다. 종신고용이 해체되는 상황에서 우리나라의 각 경제조직 내에서 지금의 20대가 처하게 될 경제적 운명에 대해서 지금의 20대는 부모의 용돈에 의존하는 10대보다 더 낮은 지위를 가지고 있으며, 이미 충분한 구매력을 확보한 30대에게도 현저히 밀려서 최근 드라마에서 30대 여배우들이 20대 여배우를 누르고 대거 주인공으로 등장하는 기이한 현상까지 발생하고 있다.

문제는 20대의 이러한 경제적 소외가 단기간에 개선될 가능성이 없다. 이러한 이유로 20대는 좀 더 냉철하게 지금의 상황을 분석하여 미래를 준비해야 한다.

6. 직업 선택은 당사자가 해야 한다.

통상적으로 직업 선택의 결정권은 직업을 구하려는 당사자에게 있다고 생각하기 쉽다. 그러나 의외로 특이한 통계가 나왔다. 취업포털 커리어에 따르면 20대 구직자 1,694명을 대상으로 '구직활동 시 부모의 관여도'에 대해 조사한 결과 응답자의 68.7%가 부모의 영향력이 매우 크다고 답했다. 부모가 구직활동에 관여한 내용으로는 '부모님이 공무원 시험과 같은 고시 준비를 적극 권유해 공부한 적이 있다'는 응답이 42.3%로 가장 많았다. '입사지원서를 낼 때마다 부모님과 상의해야 한다' 31.9%, '부모님이 입사기업을 정해주고 면접을 보게 한 적이 있다' 19.9%는 응답도 큰 비중을 차지했다. 이어 '최종 입사통지서를 받았지만 부모님의 반대로 포기한 적이 있다' 10.9%, '부모님이 대신 기업에 채용관련 문의를 한 적이 있다' 9.5%, '면접 때 부모님을 동행한 적이 있다'는 응답 3.4% 순이었다.

또한 직장인이 된 이후 결혼해 독립할 때까지 부모와 계속 생활할 것인가를 묻는 질문에는 68.3%가 '그렇다'(현재 독립해 생활하고 있는 구직자 제외)로 응답했다. 부모 곁을 떠나기 싫은 이유로는 '목돈을 모으기 위해 부모님과 생활하는 것이 유리해서'란 응답이 36.0%로 가장 많았다. '식사, 빨래, 청소 등 생활에 신경 쓰지 않아도 돼서'는 28.3%, '독립하는데 비용이 많이 들어서' 15.2%, '심리적으로 불안해서' 11.2% 순이었다.

결국 우리나라에서는 직업을 선택할 때 부모의 의견이 자신의 의견보다 앞서고 있다. 이러한 문제로 인하여 젊은 구직자들은 대부분 자신들의 적성에 맞는 흥미있는 일을 하기 보다는 부모들의 판단에 의하여 직업을 선택하게 된다. 통계를 보면 부모들의 판단에 의해 공무원이나 일명 '사'자 직업으로 고시합격의 영광으로 얻어진 직업이 안정되고 편안하다는 이유로 선택을 상요받게 된나. 하지만 아무리 좋은 직업이라 하더리도 지신의 적성이나 흥미에 맞지 않는 지업을 선택하게 되면 중간에 포기하는 경우가 생기게 된다. 나아가 직업을 포기하는 것으로 끝나는 것이 아니라 직업 선택의 실패에 따른 좌절감이나 자신감을 상실하게 될 뿐만 아니라 직업에 대한 정체성을 잃게 되어 직업 선택에 혼란을 갖게 되어 무업자가 될 확률이 매우 높다고 할 수 있다.

부모의 시각으로 선택된 직업이 과거에는 유망 직업이었으나 미래에는 사양 직업이 될 수 있다는 것을 알고 합리적인 직업 선택을 할 수 있도록 도와주어야 한다. 따라서 직업 선택의 결정권은 직업을 구하려는 당사자에게 있어야 함은 물론이고 그 선택의 결정 기준은 올바른 적성검사와 함께 성격에 맞는 직업을 선택할 수 있도록 도와주는 전문가들에 의해서 이루어져야 한다. 그리고 부모는 구직자에게 모든 것을 일임하기 보다는 직업을 추천하고자 할 때는 자신의 경험만으로 직업을 추천하기 보다는 추천하고자 하는 직업에 대한 정확한 정보와 충분한 지식들을 제공해주어 자녀가 합리적으로 직업을 선택할 수 있게 도와주는 것이 좋다.

7. 적성을 따지려면 능력을 가져야 한다

『공부가 가장 쉬웠어요』의 저자인 장승수씨는 어려운 가정형편 때문에 대학은 일찌감치 포기하고 술집으로 당구장으로 돌아다니며 싸움꾼 고교시절을 보냈다. 그러다 스무 살이 되어 집안의 생계를 책임지는 가장 노릇을 하면서 뒤늦게 대학문을 두드리는 늦깎이 수험생이 되었다. 장승수씨는 시험을 준비하면서 포크레인 조수, 오락실 홀맨, 가스·물수건 배달, 택시기사, 공사장 막노동꾼 등 여러 개의 직업을 전전했고, 고려대 정치외교학과, 서울대 정치학과, 서울대 법학과 등에 지원했다가 낙방하였다. 하지만 그는 고교 졸업 6년 만에 서울대 수석을 차지한데 이어 2003년에는 제45회 사법시험에 합격하여 법조인의 길을 걷고 있다. 그는 잘하는 게 없어 열심히 공부를 했을 뿐이라한다.

장승수씨는 시험을 준비하면서 생계를 책임지기 위해서 어떤 일이든 닥치는 대로 열심히 했다고 한다. 포크레인 조수, 오락실 홀맨, 가스·물수건 배달, 택시기사, 공사장 막노동꾼 등 모두 힘든 일이었지만 항상 최선을 다했고 적성에 상관없이 열심히 일하게 되었다고 한다. 실제로 가난해서 먹고 살 것이 없는 사람은 직업만 있다면 최선을 다하겠다고 말한다. 따라서 일에는 적성도 중요하겠지만 일을 하는 사람의 마음가짐이 더욱 중요하다고 할 수 있다.

저자도 수많은 일들을 직접 경험하였다. 공고를 나와서 공장에서 생산직에 종사도 해보았고, 길거리에서 물건을 팔아보기도 하였으며, 여행사 관광안내원으로 10년을 일했고, 자동차 정비공장에서 자동차 수리를 했으며, 교육청에서 행정업무를, 학교에서 학생을 가르치는 교사나 교수도 해보았다. 그리고 뷔페에서 음식을 만들거나 요리 강의를 하기도 했다. 다양한 일들을 해보면서 느낀 것은 내가 어떤 일을 하더라도 내가 즐겁다고 생각하면 즐거운 일이었지만, 내가 아니라고 생각하면 어떤 일도 즐겁지 않고 그저 그만두고 싶은 하기 싫은 일이었다.

직업을 적성으로 선택하기 위해서는 우선 본인이 직업을 선택하기 위한 경력과 자격을 갖추었는가를 고민해보아야 한다. 예를 들면 변리사가 되고 싶다고 한다면 변리사 시험에 합격해야만 할 수 있는 것이지, 그저 무턱대고 적성에 맞다라는 이유로 변리사가 될 수 있는 것은 아니다. 결국 적성을 가지고 직업을 선택할 수 있는 것은 아무나 하는 것이 아니라 능력이 뛰어난 사람만의 특권이라 할 수 있다.

직업을 가진 사람들을 보면 적성에 맞는 일을 하는 사람은 그리 많지 않고, 다만 처한 상황때문에 어쩔 수 없이 일을 하는 경우가 많다. 그리고 이처럼 적성에 맞지 않는 일을 하는 사람들은 일하는 게 재미가 없고, 시간만 낭비하는 결과를 가져오기 쉽다. 대학도 적성보다는 점수에 맞추어서 가다 보면 대학 생활 자체가 지루하게 느껴지기도 하고, 전공과는 다른 일을 하게 되는 경우가 많다. 통계에 의하면 실제로 자신의 대학전공과 연관된 일을 하는 사람들은 30%가 채 안된다고 한다.

적성이란 꼭 고정되어 있는 것이 아니고 변하기도 한다. 처음에는 적성에 맞지 않는 일이었지만 몇 번의 성취감을 경험하면서 새로운 적성을 찾을 수 있다.

따라서 적성에 맞는 직업을 갖는 것이 중요하지만 적성에 맞는 직업을 가지려면 능력과 자격을 갖추어야 한다.

8. 신입사원 10명 중 2명이 이직을 한다.

요즘 젊은이들 사이에서 '파랑새 증후군'이 증가하고 있다고 한다. 파랑새 증후군이란 취업을 하여 채 일 년을 버티지 못하고 그만두거나 이직을 하는 직장인들을 말한다. 부푼 가슴으로 사회에 첫 발을 내딛는 신입사원들은 생각과는 다르게 자유가 없는 환경과 직장상사의 무심한 한마디에 서운해 하며 직장에 대한 기대감을 깨버리기도 한다. 또한 목표한대로 이루지 못하여 자신감을 상실하여 우울해지거나 의미 없는 업무에 실망하기도 한다.

온라인 취업사이트 '잡코리아'에서는 국내 채용 담당자 504명을 대상으로 입사 1년 만에 회사를 그만 두는 '대기업 신입사원 평균이직률'을 조사한 결과 평균 12%로 나타났다. 또한 '중소기업 신입사원 평균이직률'은 평균 28%에 이르는 것으로 나타났다. 결국 대기업보다는 중소기업에 입사한 사람들의 이직률이 높으며, 1년 만에 대기업 직원 10명 중 1명은 이직을 하고 있으며, 중소기업의 경우는 10명 중 3명이 이직을 하는 것으로 나타났다. 요컨대 대기업이든 중소기업이든 종합해보면 평균적으로 10명 중 2명이 이직을 하는 편이다. 이직이 가장 빈번하게 일어난 분야는 '제조·생산' 부분이었으며, 다음으로 '영업', '기타', '서비스', '연구개발', '재무·회계' 등의 순이었다.

직원들이 회사에 밝힌 이직 사유로는 29.6%가 '적성에 맞지 않는 업무'를 꼽았다. 이외에도 '연봉 불만족', '자기계발을 위해', '직원들 간의 불화', '계약만료' 등의 의견이 있었다. 그러나 인사담당자들은 직원들이 인내심과 참을성이 부족해서, 조직에 적응하지 못해서 등의 개인적인 이유가 더 크다고 지적했다. 문제는 지금과 같이 경기상황이 좋지 않은데도 불구하고 이러한 이직률이 높은 것은 직업에 대한 환상이 컸거나 직업에 대한 구체적인 목표가 없이 다급하게 직장을 구한 것이 원인이라고 할 수 있다.

이직률의 분제는 개인에게도 경력 단절이나 새로운 직업을 구해야 한다는 번거로움이 있을 뿐만 아니라 회사 차원에서도 많은 비용을 들여 모집공고를 내고 채용과정을 거쳐 적응교육을 시켰기 때문에 막대한 손실을 가져다준다. 따라서 기업체들은 이러한 손실비용을 줄이고 직원들의 이직률을 낮추기 위한 노력에 최선을 다하고 있다.

현재 직원들의 이직률을 낮추기 위해 노력하고 있는 기업은 81.5%였으며 하고 있는 노력으로는 '성과에 따른 적절한 보상'이 가장 많았다. 이밖에 '수시로 직원들과 대화', '근무환경 개선', '복리후생제도 강화', '자기계발비 프로그램, 비용 지원', '적성에 맞는 업무 배정' 등이 있었다.

재미있는 것은 기업체에서 이직 의사를 밝혔더라도 꼭 붙잡는 직원 유형으로는 '근면 성실한 유형'이 36.9%로 가장 많은 선택을 받았다. 다음으로 '업무 성과가 높은 유형', '책임감이 강한 유형', '전문성이 탁월한 유형', '위기대처 능력이 우수한 유형' 등이 뒤를 이었다. 따라서 이러한 유형의 인재가 아니라면 회사입장에서는 손실이 발생하더라도 더 이상 붙잡지 않는다는 것이다. 그러다 보면 마음에 드는 다른 회사에 입사를 하더라도 언젠가는 필요 없는 사람이 되어서 퇴사를 해야 할 수 있다는 것을 의미한다. 결국 어떠한 직장이라도 책임감을 가지고 근면 성실하게 업무를 수행해야 하고, 업무 성과를 높이거나 전문성을 높여야 한다.

그러나 무엇보다 중요한 것은 한번 선택한 직장에서 신입사원 시절을 잘 이겨내야 사회에서 인정받는 사람이 될 수 있다는 것이다. 이직을 선택하더라도 첫 직장의 섣부른 포기는 경력관리에도 마이너스 요인이 된다는 것을 알고 신중해야 한다.

9. 무업자가 증가한다.

동아일보의 통계조사에 의하면 학교도 다니지 않고, 직업도 없고, 무언가를 배우지도 않는 소위 청년 무업자가 95만 명에 달한다고 보도하여 사회적으로 충격을 주었다. 무업자란 아예 직업을 구할 의사가 없어 대부분 젊은 나이에 일을 하지 않아 국가적, 사회적으로도 커다란 장애가 되고 있다. 게다가 이들은 실업자에 포함조차 되지 않아 이들이 실업자에 포함되면 문제는 더욱 커진다. 95만 명이라는 인원은 현재 한 해에 48만 명 정도가 출산되는 시점에서 국가적으로 큰 부담을 주기 때문이다. 따라서 정부는 이들에 대한 시급한 대책이 절대적으로 필요한 시점이다.

청년 무업자가 100만 명에 육박하게 된 것은 무엇보다도 사회적인 편견이 가장 큰 요인으로 작용한다. 우선 우리 대한민국의 청소년들은 학생의 의무는 교과목 공부라고 하여 무조건 좋은 대학에 가야 성공한다는 식으로 교육을 받는다. 따라서 공부를 못하면 취직을 못한다는 생각에 많은 학생들이 직업에 대한 강박관념을 가지고 있다. 그리고 이들은 대부분 자신에게 맞는 직업이 무엇인지 정하지도 못하고, 어쩔 수 없이 들어간 직장에서는 일한만큼 대우를 못 받는다고 생각하는 경우가 많다. 이들은 대체로 조직생활에 적응하지 못하고 금방 그만두기 때문에 기술 축적을 할 수 없어 평생직장을 구하기가 어렵다. 뿐만 아니라 아예 일을 하려는 의지를 상실하여 자발적, 비자발적으로 '무업' 상태를 지속하게 된다. 이에 대한 적절한 사례로 다음과 같은 경우가 있다.

M(24세)씨는 대학을 졸업한 뒤 두 직장에서 3개월을 채 못 다니다가 퇴직하였다. M씨의 이직 이유는 좀 더 나은 일자리를 얻기 위해서였다. 하지만 회사를 나온 M씨는 6개월이 지났지만 지금까지 뚜렷한 직업을 갖지 못하고 있다. 직장을 그만 두고 3개월간 허송세월을 하다 보니 주변의 눈초리와 지적이 듣기 싫어 대학원에 진학했지만 대학원도 다니는 뚜렷한 목표가 없다 보니 한 학기만 다니다가 결국 포기하였다.

M씨는 인생 전체를 생각할 때 직장을 찾아야겠다는 생각은 가지고 있지만 어떤 회사에 어떻게 취업할지, 무엇을 해야 할지, 언제까지 해야 할지에 대한 구체적인 목표를 가지고 있지 않다. 그러

다 보니 서서히 자신감을 상실하게 되어 직업을 구하러 나간다는 것 자체가 부담스럽고, 입사시험에 떨어 질까봐 아예 지원을 하지 않고 있어 더 막막하다고 한다.

학교를 졸업하고 3~5년 정도의 시간을 무직자로 보내버리게 되면 다시 사회로 복귀하는 일이 쉽지 않다. 평생을 살아가야 하는데 필요한 토대는 대개 졸업 후 10년에서 15년 정도에 만들어지게 된다. 그렇다면 결혼을 할 수 있는 경제력에도 문제가 생길 것이고, 평생 동안 제대로 된 경력을 갖추지 못하고 중년이나 노년을 맞게 된다. 결국 무업자가 되면 개인 차원에서 뿐만 아니라 가족이나 사회차원에서도 매우 비효율적인 소비라고 할 수 있다.

10. 직업관이 뚜렷해야 오래 간다.

직업관이란 개인이나 사회의 구성원들이 여러 가지 직업에 대해 가지고 있는 태도나 가치관을 말한다. 건전한 직업관이 중요한 이유는 행복한 삶의 수단이 되는 직업에 대한 개념을 정리해주어 직업에 대한 올바른 가치관을 형성하게 해주기 때문이다. 뿐만 아니라 이것은 직업에 임하는 자세를 결정하여 직업 선택 후 자신의 발전에도 큰 영향을 미친다.

따라서 올바른 직업관을 가져야 직장에서 필요한 직원이 될 뿐만 아니라 개인의 발전과 함께 나라의 발전을 기대할 수 있다.

직장이나 사회에서 성공하는 사람이 되기 위해서는 자신의 생활태도를 점검하여 다음과 같은 마음가짐을 가지고 시작하여야 한다.

전통 사회에서는 직업을 하늘이 내린 천직으로 직업에 대하여 성실하게 임해야 한다는 의식을 가지고 있었다. 직업을 오랫동안 유지하려면 직업을 통해 출세나 물질적인 수입만을 얻으려 하기보다는 일을 통해 자아성취감을 얻으려는 노력과, 사회에 봉사하려는 자세를 지녀야 한다.

— 직업인이 된다면 최소한 직장으로 받는 월급만큼 자신의 일에 대한 사회적 역할과 직무를 수행해야 할 의무가 있다. 그리고 직원은 업무를 수행하는 데에 필요한 새로운 지식과 기술을 익혀 그 분야에서 자신을 더욱 발전시키려는 창의적인 자세를 가져야 한다.

O 직장인으로 가져야 할 올바른 마음가짐

— 직장을 절대로 '잠시 쉬었다 가는 곳'으로 생각지 말고 '모든 것을 바쳐 일할 곳'으로 생각하여 일을 하는 동안만큼은 최선을 다하도록 한다. 그래야만 자신의 발전도 있을 수 있으며, 직장을 다니는 동안이라도 즐거운 마음을 가지고 다닐 수 있다. 직장은 경제적인 필요를 충족시키기 위하여 시간을 때우는 장소가 아니라 하루 생활의 3분의 1을 보내는 '삶의 터전'으로 인식해야 한다. 만약 잠시 쉬었다가 가는 곳이라 생각하면 직장에 있는 동안 즐겁지 않을뿐더러 상사의 눈치만 보게 되어 오히려 서로에게 역효과가 나게 된다.

— 직장은 가장 왕성하게 활동할 시절에 '돈을 받아가면서 무엇인

가 배우는 수련의 장'이란 생각으로 겸손하게 임한다면 회사에게도 자신에게도 이익이 된다. 회사에 입사하기로 결정했다면 최소한 회사에 있는 동안만큼이라도 인정을 받기 위해서 최선을 다해야 한다. 그래야 자영업을 하든, 프리랜서를 하든 자신감을 가질 수 있고 그렇지 못하면 사회에 나와서도 인정받기 어렵게 된다. 회사에서 인정받기 위해 가장 중요한 마음가짐은 강한 의지와 불굴의 정신으로 어려운 일을 성취해 내려는 정신이며 동료를 존중하고 격의 없는 일체감으로 서로 사랑하고 협동하려는 따뜻한 마음이다.

회사의 발전을 위해 매사 무에서 유를 창조하려는 창의적인 사고와, 기관의 규정을 철저하게 준수하고 매사 원칙에 입각하여 분명하고 공정하게 판단 처리하려는 공정한 자세를 가져야 한다.

11. 청년 실업에 대처하라.

최근의 경기침체로 인하여 청년 실업률은 예전보다 높아지고 있으며, 반면에 청년 취업률은 낮아지고 있다. 이처럼 청년 실업률은 경기 불황으로 경제성장이 둔화되면서 점차 증가하는 추세를 보이고 있다. 따라서 원하는 직장을 얻기 위해서는 청년 실업의 원인을 알고 이를 대비하면 아무리 어려워도 취업이 가능해진다.

청년 실업의 원인을 보면 다음과 같다.

○ 노동시장의 경직성

인력을 필요로 하는 기업은 경험이 없는 인력을 채용하는 신규 채용보다는 경험을 많이 가지고 있는 경력직 채용을 선호하고 있다. 또한 정규직 채용으로 복잡한 인사관리를 하기 보다는 인사에 책임을 지지 않는 계약직을 고용하려는 분위기가 퍼져있다.

따라서 청년들은 신규채용을 지원할 수 밖에 없으며 비정규직으로 취직하기 쉽다.

O 청년층의 직업의식 부재

청년들의 특징은 편하고 쉬운 일을 선호하며, 업무에 대해 책임의식이 부족하다. 따라서 청년들은 높은 보수와 안정된 자리를 원하면서도 3D업종이나 중소기업 취업을 기피하는 경향이 두드러진다. 그리고 치열한 생존경쟁을 위해서 자기계발과 현장경험을 하는 것에 대해 소극적이다.

따라서 취업을 위해서는 자기계발과 함께 해당 분야의 경력을 쌓아 놓아야 한다.

O 대학 졸업자수의 증가

대학졸업자 수는 1980년대에 30%에서 현재 20배 이상 증가하였다, 이제는 85%가 대학을 졸업하는 실정이라 고용시장에서 대학 졸업은 더 이상 특별한 경쟁력이 안 된다.

따라서 남들과는 차별화된 이력과 경력을 만들어야 한다.

O 대학교육의 질적 저하

대학은 구조적으로 변화가 어렵기 때문에 빠르게 변하는 산업 현장의 요구수준에 맞는 교과과정이나 기술적 변화를 반영하지 못하고 있다.

따라서 전공과 관련된 최신 정보와 지식을 습득해야 한다.

O 취업 교육의 부실

대학에서는 취업을 위한 직업교육이나 훈련을 시켜 취업을 용이하게 해주지만, 직업교육 및 훈련 그리고 직업소개 등의 전문성이 부족한 편이다. 따라서 나름 사회변화에 대응하려하나 급변하는 사회적 상황을 취업 교육에 반영하는 교육이 있어야 한다.

O 기업하기 힘든 사회적 환경

경제 불안이 가시화되면서 기업의 투자위축 그리고 이에 따른 신규채용의 감소하고 있다. 경기 침체에 의한 실업은 경기만 좋아지면 내수와 수출이 늘고 공장 가동률이 높아져 실업률이 떨어진다.

청년 실업의 문제점은 청년의 건전한 근로 의욕의 상실로 인한 사회적 일탈행동과 범죄를 유발하여 사회적 불안 요인으로 작용할 우려가 있다. 따라서 고학력 청년 실업의 심각성을 인식하고, 다음과 같은 대책을 마련하는 것이 시급하다.

첫째, 노동시장의 유연성을 길러야 한다.

둘째, 산업수요에 부응하고 인력의 질을 제고하는 차원에서의 교육개혁이 이루어져야한다. 지식기반을 전제로 하여 산업수요에 부응하도록 중·고등교육뿐만 아니라 대학교육의 학과과정에 있어서도 평생교육의 교육체제로 획기적으로 개혁해야 한다. 특히 각 대학들은 획일적인 연구 중심에서 벗어나 각 기업들과 산학협력이 활성화될 수 있도록 해야 한다. 인구의 자연감소와 교육시장 개방에 대비하여 공급자 중심에서 수요자 중심으로 대학을 구조조정하고, 교육시장개방에 대비하여 대학의 경쟁력 강화를 위한 교육의 질적 향상에 주력해야 한다.

셋째, 정부 부처 간의 상호협조가 이루어져야 한다. 단기적인 성과에 집착하거나 일부 이익집단의 반발에 이끌려 다닐 것이 아니라, 장기적인 안목에서 노동 및 교육정책 특히 대학 정책의 일대 개혁이 있어야 한다. 물론 투자 활성화를 통해 일자리가 창출될 수 있는 여건을 조성하는 것도 중요하지만 이를 위해서는 고용조정의 경직성이 해소되고 임금인상이 조정될 수 있는 노사조정 정책이 선행되어야 한다. 이상의 청년 실업 대책이 실효를 거두기 위해서는 재정경제부, 교육인적자원부, 노동부 및 공정거래위원회 등 관련 부처가 상호 협조해야 할 것이다.

12. 1년만 투자하면 직업이 생긴다.

구직자들은 직업을 갖기 위해서 과연 얼마나 많은 시간을 투자해야 하는지에 대한 관심이 높다. 만약 자신이 대학에서 전공한 것으로 취업이 어렵다면, 지금까지 해오던 일을 떠나 새로운 일을 하고 싶다면, 퇴직을 한 후에 무엇을 하면 좋을지 몰라 고민하는 구직자라면 1년만 노력하면 직업을 가질 수 있다. 이미 성공을 위한 10년 법칙이라는 것도 있고, 3년 법칙도 있지만 저자는 1년만 열심히 준비하면 직업을 다 가질 수 있다고 생각한다. 다음은 실제로 1년을 투자하여 적성에 맞는 직업을 구한 사람의 이야기이다.

L씨는 지방대학에서 영어영문학과를 졸업하였다. 그러나 요리에
취미가 있어서 호텔 조리사로 취업을 하고 싶었다. L씨는 대학에서

식품영양학이나 조리학과를 전공하지 않았기 때문에 호텔에 취직할 수 없다고 생각하였다. 그러나 호텔 조리사였던 선배를 만나서 물어보니 전공을 안했더라도 자격증이나 실무경험이 있으면 추천으로 취업이 가능하다는 얘기를 듣게 되었다. L씨는 선배 말대로 먼저 요리학원에 등록하여 조리기능사 자격증을 취득하였고, 식당에 취업하여 잔일부터 시작하여, 요리 경험을 쌓아 호텔에 이력서를 내었다. 그리고 조리사로 먼저 취업한 선배가 추천을 하여 결국은 꿈에 그리던 호텔 조리사로 활동하고 있다. L씨가 호텔조리사가 되기 위해 투자한 시간은 자격증을 취득하는데 걸린 3개월과 식당에 취업하여 물품의 구매방법을 습득하는 등 실무기간은 6개월이었다. 결국 호텔조리사로 일하기 위하여 투자한 시간은 총 9개월이었다.

P씨는 여행사에 TC(Tour Conductor; 투어 컨덕터; 내국인이 해외여행을 할 때 관광객의 출국에서 입국에 이르기까지 모든 여행에 동행하며 관광객을 책임지고 인솔하는 여행사 소속의 관광가이드)로 취업하고 싶었다. 정규직원보다는 프리랜서로 여행을 마음대로 하고 싶었기 때문이다. 그래서 여행사에 찾아가 취업하려면 어떻게 하냐고 물어 보니 TC를 하기 위해서는 TC자격증을 취득하면 된다고 했다. TC자격증은 '관광계열 학과'를 나와서 시험을 볼 수 있는 자격이지만 학교 학과에 상관없이 여행사 경력 6개월이 있으면 2개월 간 TC교육을 받고 시험을 치를 수 있는 자격이

주어진다. 또한 2년간 여행사에서 근무했을 경우 3일간의 소양교육을 통해 자격증을 받을 수 있다. P씨는 대학에서 경영학을 전공했기 때문에 시험을 바로 볼 수 있는 자격이 안 되므로 가장 빨리 자격증을 따서 일할 수 있는 방법으로 우선 여행사에서 특별한 경험이 없어도 되는 영업직으로 취직을 하였다. 그리고 6개월이 지나서 경력을 인정받아 2개월의 소양교육을 거친 후 시험을 보아서 합격하였다. P씨는 자격증을 가지고 다니던 회사에 제안해서 TC로 일을 할 수 있는 기회가 주어졌다. 그렇게 해서 걸린 시간은 8개월 밖에는 되지 않았지만 현재 3년간 가이드 생활을 하면서 40개 국가를 TC로 여행 다니고 있다.

앞의 예처럼 호텔에 조리사로 취직하거나 여행사에 TC로 취직을 하는데 걸린 시간은 1년이 채 안 된다. 이들이 원하는 직업을 갖게 된 것은 정확한 안내를 바탕으로 전략을 세우고 이를 실천했기 때문이다.

구직자들은 막연히 취업하고 싶다는 생각만을 가지고 어떻게 도전해야 직업으로 연결할 수 있는지를 모르는 경우가 많다. 꼭 대학에서 전공을 해야 한다는 생각과 경력이 있어야 한다는 생각에 목표에 도달하는 데까지 너무 오랜 시간이 걸린다. 이런 때는 그 분야의 전문가나 관련 기관을 찾아가서 어떻게 하면 직업으로 가질 수 있는지를 물어보고 그 정보를 바탕으로 그대로만 하면 된다. 이미 그 길을 가고 있는 사람에게 조언을 구하는 것이 제일 정확하고 빠르기 때문이다.

13. 기업의 채용환경의 변화에 대처하라.

사회의 급속한 변화에 따라 기업의 구조 조정과 경영환경이 급변하고 있다. 이에 따라 어느 기업이든 회사의 미래를 이끌어갈 인재를 받아들이고 싶어 한다. 훌륭한 인재를 채용하지 못하든지 혹은 인재의 육성과 능력개발을 제대로 못한 기업은 일시적으로는 번영을 누릴지라도 장기적으로는 쇠퇴해간다. 따라서 각 기업들은 미래사회에서 생존하는 기업이 되기 위하여 인재의 채용, 육성, 개발을 매우 중요하게 생각하고 있다.

따라서 기업은 과거의 채용방식에서 벗어나 새로운 방식으로 인재를 채용하고 육성시키려고 한다. 기업에서 채용방식이 변화하는 모습은 다음과 같다.

○ 소규모 수시 채용 · 상시 채용의 보편화

대기업 및 그룹의 해체로 인하여 그룹차원에서의 대규모 일괄 채용은 점차 사라지고 계열사별 자율 채용 제도가 확대되어 전문 분야별 소규모 소수채용이 일반화된 채용제도로 자리 잡혀 가고 있다. 따라서 기업차원에서의 홍보보다는 채용경비 절감을 위해 인터넷 홈페이지를 통해 홍보하고 채용하는 것이 활성화되고 있고 채용대행행사를 통해 직원을 선별하는 빈도도 증가하고 있다. 이러한 이유로 앞으로 채용대행 사업이 활성화될 것으로 전망된다.

○ 경력사원 선호 증가

기업차원에서의 신입사원 채용은 신입사원 적응교육부터 시작해서 직업능력개발을 위한 다양한 연수 기회를 제공한다. 그러나 기업차원에서의 대규모 채용이 아닌 소수채용일 때는 경제적인 이유 및 기타 여러 가지 이유로 업무 교육연수에 어려움이 많다. 따라서 회사는 이러한 부담을 덜기위해 신입사원보다는 해당 분야의 경력자를 원하고 있다. 결국 이러한 변화는 점차 평생직장에 대한 보장이 점점 어려워져 감을 의미한다. 또한 장래가 보장되지 않음에 따라 애사심이 저하되고 인력시장에 언제든지 트레이드하기 위하여 자신의 몸값을 올리려는 생각을 갖게 된다.

○ 계약직, 임시직, 파견직의 채용의 활성화

기업에서는 정규직 신입사원의 채용에 따라 기본 보수 이외에 다양한 복지혜택과 함께 노조의 부담을 느끼게 된다. 따라서 기업에서는 정규직 채용보다는 비정규직의 채용을 늘려 인건비 절감과 효율적인 노무관리를 바라고 있다. 그러나 현재 과다한 파견기업이 난립함으로 인하여 노동자들의 과다 덤핑 공세가 이루어져 노동의 질이 저하되고 있다. 이러한 채용관행으로 정규직을 구하기가 점차 어려워지고 있다.

○ 인턴사원 채용제도의 권장

인턴사원은 기업차원에서는 경력사원을 뽑아야한다는 시대적인 요구에 적응하는 길이며, 구직자의 입장에서는 회사에 적응하는 방법과 전문기술을 배울 수 있는 기회가 된다. 또한 정부 차원에서도 실업난 완화를 목적으로 적극적으로 권장하고 있다. 그러나 인턴 사원제도가 고용을 확실히 보장하는 것이 아니므로 요즘 대학에서 시행하고 있는 맞춤식 교육을 통해 취업을 보장받는 인턴 사원제도를 해야 하겠다.

○ 기타 채용방법의 변화

기업에서는 점차 신입사원보다는 경력이 있는 전문직 채용으로 변화되기 때문에 필기시험이 폐지되는 분위기이다. 따라서 서류심사와 적성검사만으로 인력을 채용하는 등 전형방식이 점차 다양화되어가고 있다.

서류심사에서는 이력서에 첨부된 학교성적, 어학실력, PC활용능력, 자격증, 특기 등을 보며, 자기소개서에서는 가정환경, 학교생활, 성격, 과외 활동 등을 중점적으로 본다. 적성검사에서는 면접시험을 강화하여 단독, 개별, 집단, 집단토의, 이색면접 등으로 진행한다.

14. 직업과 관련된 신조어를 보면 직업이 보인다.

시대가 정보화혁명으로 급속도로 변화되어 감에 따라 직업에 대한 신조어도 급속도로 생겨나고 있다. 전통적으로 일을 하고자 해도 일자리를 갖지 못한 사람을 실업자라고 표현하였다. 이러한 전통적 의미의 실업은 관점에 따라서 비자발적 실업과 자발적 실업, 경기적 실업, 구조적 실업, 계절적 실업 등으로 다양하게 분류되고 있다.

구분	세부구분	내용
비자발적 실업과 자발적 실업	비자발적 실업	현행 임금수준에서도 일할 의사와 능력이 있으면서도 일할 기회를 갖지 못해 실업상태에 있는 실업
	자발적 실업	일할 의사만 있으면 지금 당장이라도 일할 수 있는 실업

경기적 실업		유효수요부족으로 상품이 판매되지 않아서 기업들이 생산을 계속할 수 없어 노동자를 해고함으로써 발생하는 실업
구조적 실업	경기구조적 실업	기술 수준이 낮은 근로자들이 오랫동안 직장을 구하지 못하거나 자동화 또는 새로운 산업의 등장 등으로 경제구조 자체가 변할 때 새로운 산업이 요구하는 기술이 부족해 직장을 잃게 되면서 발생하는 실업. 만성적인 총수요부족에 기인하는 선진국형 구조적 실업
	마찰적 실업	노동시장의 수요와 공급 과정에서 근로자의 자발적 선택에 의해 일시적으로 나타나는 자발적 실업
	실망 실업	산업구조조정이나 경기침체 등으로 일자리가 줄어 구직활동을 벌여도 직장을 얻기가 거의 불가능하다고 생각하여 포기하는 실업
계절적 실업		겨울철에 건설업이나 농업에 종사하는 근로자가 추위로 인해 일을 할 수 없어서 실업자가 되는 경우

청년실업이 심각해지면서 일을 하지 않는 청년들과 그들과 관계된 사람들을 비유하여 표현하는 용어가 계속 만들어지고 사용되고 있다.

히키코모리족 : 1970년대 일본에서는 '히키코모리(은둔형 외톨이)'가 사회문제로 대두되었다. 은둔형 외톨이는 대인 기피증을 보이면서 사회와 벽을 쌓고 방 안에서 모든 일을 해결한다. 친구도 만나고 외출도 하는 무업자와 달리 방에 틀어박혀 아예 나오지 않는 특징을 가진 사람을 말한다.

모라토리엄족 : 모라토리엄족을 일명 지불유예족이라고도 하며 휴학을 하거나 일부러 F학점을 받아 대학 졸업을 미루는 사람을 말한다.

당장 졸업을 해서는 취업하기가 어렵기 때문에 영어 점수 향상, 각종 공모전 준비 등을 준비하여 졸업을 늦추는 사람을 말한다.

캥거루족 : 캥거루가 어릴 때 엄마의 보호주머니에서 자라는 것에 착안하여 취직할 나이가 됐지만 취직하지 않거나 취직 후에도 부모에 얹혀사는 젊은 층을 말한다.

헬리콥터족 : 헬리콥터족은 헬리콥터처럼 성인이 된 자식의 주위를 맴돌며 일일이 챙겨주는 열성 부모들을 말한다.

프리터족 : 일본에서는 최근 프리터족이 늘고 있어 사회문제로 대두되고 있다. 프리터족이란 프리 아르바이터를 줄인 말이다. 필요한 돈이 모일 때까지만 일하고 쉽게 일자리를 떠나는 사람들을 말한다. 일본 노동성은 이들을 아르바이트나 시간제로 돈을 버는 15~34세의 노동인구라고 정의한다. 필요한 돈이 모일 때까지만 일하고 일자리를 떠난다.

제2장

어떤 직업을 가져야 할까?

1. 미래에 살아남는 직업을 선택하라

시대가 급변함으로 인하여 사회에는 많은 변동이 있다. 미래학자들은 앞으로 현존하는 직업의 많은 수가 없어지고, 과학과 문명의 발전에 따라 그보다 많은 수의 새로운 직업이 생겨나게 된다고 한다. 국가고용정보원은 우리나라 직업 숫자는 1995년 10,000여개에서 2000년에는 12,000개로 증가하였다고 보고 하였다. 이 숫자는 미국이나 일본이 약 30,000여개의 직업이 있는 것에 비하면 턱없이 적은 숫자로 앞으로 더 많은 직업의 탄생을 예고하고 있다.

과학 기술의 발달은 관련 분야의 새로운 직업을 탄생시키기도 하지만 자동화나 신기술의 도입으로 과거의 직업들이 사라지게 한다. 예를 들면 과거에 있던 버스안내원은 버스 문이 자동으로 열리니깐 사라지게 되었고, 굴뚝청소부도 개별난방이나 중앙난방으로 인하여 집에는 굴뚝이 없어지므로 사라자게 되었다. 반면에 과거에는 없는 직업이 생겨나게 되었다. 예를 들면 게임의 발달로 게임만하는 직업인 프로게이머가 생겨났고, 노인 인구의 증가에 따라 요양보호사라는 직업이 생겨났다.

직업의 탄생과 소멸은 비단 과학 문명의 발달만이 아니라 새로운 기술과 기계의 도입, 새로운 상품과 서비스의 등장 등 여러 가지 요인으로 인해 영향을 받는다. 따라서 직업의 선택 시 중요한 것은 미래를 읽는 눈이 있어야 한다. 미래를 읽는 눈이 없다면 지금은 유망한 직업이라서 열심히 준비하고 도전하였는데 당장 내년에 새로운 제도로 인해서 쓸모없는 직업이 되거나 사라질 수도 있기 때문이다.

앞으로 직업의 탄생과 소멸 주기는 더욱 빨라질 전망이다. 과거의 전통적인 의사와 변호사와 같이 100년 이상의 역사를 가진 직업도 있지만, 요즘에는 30년은 고사하고 몇 년 만에 변화되거나 사라지는 직업도 있다. 예를 들어, 80년대까지만 하더라도 전파사라고 해서 가전제품을 수리하는 업소가 있었지만 지금은 A/S센터가 생겨서 불과 30년 만에 사라지는 업종이 되었으며, 과거 학교에는 교련이라는 과목이 있어 교련 선생님이라는 직업이 있었지만, 20년도 채 안되어 과목이 없어져서 교련선생님들은 다른 과목으로 전환하게 되었다.

하지만 전통적인 직업은 이렇게 20-30년 이상을 가기도 했지만 요즘에 새로 생겨나는 직업은 3~4년 만에 사라지는 경우가 많으며, 심지어는 3개월 주기로 변하기도 한다. 예를 들면 요즘 핸드폰은 3개월 주기로 신제품이 나오기 때문에 3개월만 지나면 과거의 제품을 팔던 사람이나 그 기계를 수리할 수 있는 능력을 가진 사람은 도태되는 구조이다.

MS(마이크로 소프트)회사의 빌게이트 명예회장이 회장으로 재임 시 매년 초에 그해에 나올 MS사의 신제품을 미리 발표할 때 전 세계의 컴퓨터 제조회사는 물론 부품회사, 소프트웨어 회사의 CEO와 연구진들은 촉각을 곤두 세웠다. MS에서 만든 윈도우가 어떻게 바뀌느냐에 따라 회사의 성장과 소멸을 예고되었으며, 새로운 시장을 선점하기 위한 변화의 전망을 예견할 수 있었다.

이러한 상황에서 대학에서 배운 지식은 예전의 지식을 다루는 경우가 많기 때문에 사회의 변화를 따라잡지 못해 학교 교육은 졸업과 동시에 의미가 없어지기도 한다. 따라서 직업을 계속 유지하기 위해서는 변화하는 환경에 맞추어 자신의 경력이나 능력을 함양시켜야만 앞으로의 직업 시장에서 생존할 수 있다.

지금은 3개월 단위로 신제품이 출시되면서 세상의 변화를 예고하지만 앞으로 이러한 기술이나 제도의 변화는 더욱 빨리 전개될 것이다. 따라서 미래 시장에서 직업을 오랫동안 유지하기 위해서는 어떤 직업이든지 간에 지금까지 가지고 있는 지식만으로 평생 근무하려는 생각을 버리고 세상의 변화에 능동적으로 대처해야 한다. 능동적인 대처를 위해서는 지금까지 가지고 있는 경험을 바탕으로 새로운 세상이 요구하는 기술을 습득하고 변화해야 한다.

2. 평생 할 수 있는 직업을 선택하라

평생직장이라는 것은 한번 입사하면 정년까지 근무할 수 있는 직장을 의미한다. 근대 사회에서는 평생직장의 의미가 강해 한번 취업하면 정년을 맞을 때까지 한 회사에서 근무하고 퇴직하여 노후를 맞이하는 개념이었다. 그러나 시대의 변화는 이러한 평생직장의 의미를 상실하게 하고 있다.

더욱이 수명의 연장으로 서서히 평생직장의 의미도 상실되었다. 10년 전의 평균수명이 65세 정도였기 때문에 60세까지 일할 수 있는 직장은 평생직장의 의미를 가지고 있었다. 그러나 현재는 평균수명이 80을 넘고 있으며, 앞으로 10년 후면 평균수명은 90을 넘을 것으로 예측하고 있다. 뿐만 아니라 앞으로 장기를 교환할 수 있는 기술이 보편화되면 사람의 수명은 100세를 넘어 심한 경우에는 150세를 넘길 수 있다는 의학자들의 보고도 있었다. 따라서 아무리 정년이 보장되는 회사라 해도 공무원을 제외하고는 60세를 넘기면 결국 사회로 환원되어야 하기 때문에 평생직장이라고 보기는 어렵다.

미국에서는 우리나라처럼 평생직장의 개념이 강하지 않기 때문에 일생동안 직장을 평균 7~8번 정도를 바꾸는 것으로 나타났다. 반면에 우리나라는 한번 입사하게 되면 그 직장을 평생직장으로 생각하는 성향이 강하기 때문에 일생동안 직장을 평균 3-4번 정도만 바꾼다고 한다.

우리나라에서 취업하고 싶은 최고의 기업이라고 하는 S사에서 평균 근속률(전 직원이 입사해서 퇴직할 때까지의 평균기간)을 따져보니 7.5년을 넘지 않는다는 통계를 냈다. 이러한 평균 근속률은 고학력자가 저학력자보다 짧고, 사무직이 생산직보다 짧은 것으로 나타났다. 결국 많이 배운 사람이나 전문직에 종사한 사람일수록 오랫동안 한 회사에 다니지 않는다는 것을 알 수 있다. 제정경제부가 발간한 OECD 한국경제보고서에 따르면 우리나라 정규직 근로자들의 동일 직장 평균 근속연수는 5.7년 정도로 S사에서 평균 근속률은 다른 직장에 비해 높은 편이지만 최고의 기업에서도 평생토록 근무하는 사람이 많지 않다는 것을 알 수 있다.

우리나라에서도 수명 연장과 함께 서구 선진국처럼 평생직장의 개념이 퇴색되어 사람들은 보다 활발히 직업을 바꿀 것이다. 따라서 평생직장을 찾는 게 아니라 평생 직업을 가져야 한다. 평생 직업이란 한

번 선택한 직업으로 인해서 평생 일할 수 있는 직업을 말한다. 평생직장이 직장을 한 곳을 오래 다닌다면, 평생 직업은 한 가지 직업으로 평생 일할 수 있는 것을 말한다. 따라서 평생 직업을 가지면 죽을 때까지 일할 수 있으므로 오히려, 정년이 없는 평생직장을 갖는 것이나 다를 바가 없다. 그러나 구직자들은 당장 편한 직장이나 오래 가는 직장을 선택하려고 하지만, 그런 직장은 이 세상에 존재하지 않는다는 것을 깨달아야 한다.

앞으로는 이러한 평생직장을 대신하여 평생 직업이 강조되는 시대에 살게 될 것이다. 평생 직업이란 직장을 옮긴다 해도 구직자 자신이 가진 특별한 업무 능력을 발휘하면서 평생 동안 일을 할 수 있게 된다. 결국 직업능력을 강화하기 위한 평생학습 및 직업능력개발의 필요성이 점점 높아지고 있다. 미래 사회에서 정년과 상관없이 평생 직업을 가질 수 있는 평생직업인의 특징은 평생학습을 생활화하면서 관련 업무에 관한 자신만의 노하우나 지적 재산을 풍부하게 소유하는 창의성적인 사람이라 하겠다.

3. 고도의 전문 직업을 선택하라

단순노동은 간단노동이라고도 하며, 평균적으로 특정의 훈련이나 교육을 받지 않은 상태의 육체를 가지고 하는 반복적이거나 기계적인 노동을 말한다. 말 그대로 특별하게 배우지 않아도 할 수 있는 노동으로 물건을 나르는 일, 물건을 조립하는 일, 계산하는 일 등 주로 몸으로 하는 일이다.

단순 노동이나 단순 사무는 기계의 발달과 사무자동화로 점차 사라지는 직업이 되었다. 예전에는 있던 기차역의 검표원이 자동화로 인해 사라졌으며, 공장에서 물건을 나르던 일들도 자동화로 인해 사라졌다. 회사 내에서 문서를 전달하던 일도 이메일이 생김으로 사라지게 되었고 가정에서 주부들이 솥에 밥을 하던 일, 방을 따뜻하게 데우기 위해 아궁이에 불을 지피고 연탄을 갈던 일, 옷을 세탁하기 위해 시냇가에서 빨래하던 많은 일들이 사라지게 되었다.

앞으로 과학 기술의 발달에 따라서 단순 노동만이 아니라 웬만한 전문 노동도 대치될 날이 멀지 않았다. 이미 자동차를 운전하는 기사 대신에 자동으로 목적지까지 데려다 주는, 말 그대로 자동차가 생산만을 기다리고 있다. 또한 최고의 전문 직업이라고 했던 의사도 수술을 먼 거리에서 컴퓨터로 할 수 있는 장비가 만들어져 의사가 없더라도 수술을 할 수 있는 세상이 왔다. 이러한 변화는 사회의 발전에 따라서 가속도가 붙고 있다.

따라서 미래 사회에서 필요한 사람으로서 평생 직업을 가지려면 사회의 변화를 예측하여 고도의 전문성을 갖는 직업을 선택해야 한다. 앞으로 성공의 잣대도 고도의 전문성을 갖추었냐에 따라 결정되어 전문성이 높은 사람일수록 사회에서 대우 받게 될 것이다. 그러나 미래를 예측하지 못하고 그저 현재 잘 나가는 직업을 선택한다면 앞으로의 추세로 볼 때, 10년 이상을 한 가지 직업으로 살아가기는 어렵다.

아무리 과학기술이 발달한다고 하더라도 문화와 예술 같은 분야는 기계문명이 대신할 수 없어 더 크게 성장하게 된다. 자동화로 여가시간이 증가하고, 빠르게 변화하는 세상에서도 채워지지 않는 정신적인 욕구가 있어 그것을 문화이나 예술로 채우고자 하는 사람들이 증가할 것이기 때문이다.

4. 사이버 공간을 활용하는 직업을 선택하라

인터넷이 출현하기 전까지 모든 일들은 현실 공간에서 이루어졌다. 특히 물건을 사고파는 일이나, 교육, 예술은 오프라인에서만 가능하다고 생각하였다. 그러나 요즘 인터넷의 발달과 속도의 증가는 우리가 상상하지 못했던 일들을 사이버 공간에서 할 수 있도록 가능성을 열어주었다. 물건을 사고파는 일은 물론, 원격으로 강의가 진행되는 대학도 생겨났으며, 예술 역시 사이버 공간을 통해 진화하고 있다. 이러한 사이버 공간을 활용한 일들이 많아짐에 따라 사이버 공간을 이용한 직업들이 생겨나고 있다. 예를 들면 인터넷 게임을 통해 고수익 자가 된 프로게이머가 대표적이며, 이와 함께 게임 시나리오 작가, 게임 그래픽 전문가, 게임음향기술자 등 게임과 관련된 직업들이 생겨났다. 또한 블로그를 통해서 평범했던 사람이 일약 유명요리사가 되거나 특별한 지식을 가진 전문가로 직업을 갖게 된 경우도 많다.

이러한 변화는 기업을 운영하는 사람들 입장에서도 전통적인 기업 운영관에 대한 변화를 갖게 했다. 소비자들은 물건을 살 때 꼭 물건을 확인해보고 사는 습성이 있다고 생각해서 인터넷 쇼핑몰 시장 진입에 소극적인 기업들도 이제는 너도 나도 쇼핑몰 시장에 참여를 하고 있다. 뿐만 아니라 남들의 정보를 찾게 해주는 검색도구 하나 만을 가지고 우리나라 최고의 코스닥 황제주가 된 기업도 있다. 교육부분에서도 강사와 직접 면대 면으로 해야 한다던 고정관념에서 벗어나 사이버 공간을 활용한 원격 강의를 하는 회사가 등장하였고, 대학도 오프라인 강의로 점차 사이버 공간을 활용한 교육시장으로 선회하고 있다.

또한 전통적으로 종이를 이용한 책은 영원히 대치될 수 없다고 생각하던 출판업계에서도 e-book이라는 전자 출판으로 점차 바뀌어 가고 있다. 뿐만 아니라 우리가 알고 있지 못하는 분야에서도 사이버 공간을 활용한 기업 활동으로 변화하고 있다.

인터넷의 발달은 점차 시산과 공산의 제약을 줄여 주고 있다. 따라서 경제활동도 오프라인에서 이루어지기보다는 인터넷을 통한 사이버 공간에서 이루어질 것이다. 결국 이러한 사이버 시장의 확대는 사이버 관련 직업이 더욱 많이 출현할 것을 예고하고 있으며, 사이버 공간이 직장인 직업이나 재택근무가 가능한 직업들이 늘어날 것이다.

5. 웰빙과 로하스에 관련된 직업을 선택하라

인간 수명의 연장은 사회를 급속하게 노령사회로 몰아가고 있다. 현재 평균 수명이 연장되면서 80세를 넘고 있으며, 65세 이상의 인구도 10%를 넘고 있다. 앞으로 평균 수명은 더욱 증가할 것이고 노령인구도 증가해나갈 것이다. 문제는 이러한 노인 인구들의 최대 관심사가 자신의 생명을 건강하게 연장시키는 것이므로 앞으로 노인들의 건강한 삶에 대한 욕구를 충족시키는 분야는 더욱 각광을 받게 될 것이다. 비단 건강문제는 노인들의 문제만이 아니라 젊은 사람들에게도 건강하게 오래 사는 것이 목표이기 때문에 관심은 더욱 증가할 것이다. 더욱이 먹고 사는 문제가 해결되면 생활의 여유가 생겨 잘 먹고 잘 사는 일에 더욱 관심을 가지게 된다. 웰빙(Well-bing)에 관련된 일이 어려운 불경기에도 호황을 맞고 있는 것처럼 앞으로도 사회는 건강과 웰빙에 관련된 레저 스포츠, 건강, 예술, 문화, 외식업 등의 분야에서 꾸준히 수요가 증가할 것이다. 그러나 이제는 웰빙을 넘어서 로하스의 시대를 준비해야 한다.

로하스(Lifestyle Of Health And Sustainability)는 건강과 환경이 결합된 소비자들의 생활패턴으로 잘 먹고 잘사는 일에 관심을 가지는 웰빙과 유사하지만 웰빙보다는 포괄적이고 고급적인 생활을 지향한다는 의미에서 약간의 차이가 있다.

로하스를 지향하는 소비 집단의 특징은 환경보호에 적극적이기 때문에 친환경적인 제품을 선택한다. 지구환경에 미칠 영향을 고려해 구매를 결정하기 때문에 재생원료를 사용한 제품을 구매하거나, 환경이나 지속가능성을 고려해 만든 제품에 20%의 추가비용을 지불할 용의가 있다. 또한 이들은 로하스 소비자의 가치를 공유하는 기업의 제품을 선호한다. 따라서 이러한 소비 집단의 취향에 맞게 기업은 친환경 제품이나 유기농 제품 등에 관심을 가지고 진출하고 있다.

로하스를 지향하는 사람들은 말 그대로 건강, 환경, 사회정의, 자기발전과 지속가능한 삶에 가치를 두어 앞으로 시장이 더욱 확대될 전망이다. 미래는 로하스와 관련된 업종이나 직업이 증가할 것이고 로하스 시장에 진입하기 위해서 로하스 시장에 대한 특징을 인식해두어야 한다.

6. 녹색 산업에 관련된 직업을 선택하라

현재 지구의 환경오염으로 인하여 온난화와 이상 기후 현상이 생기고 있다. 빙산이 높아 해수면이 높아짐으로 인해서 도서 국가에서는 이미 심각한 지경에 이르게 되었다. 이에 따라 세계 모든 나라는 탄소를 줄이는 것이 지구를 살리는 길이라는 공감대를 형성하고 탄소를 줄이려는 노력을 전 세계적 차원에서 정책적으로 추진하고 있다. 이러한 정책의 결과 세계 각국은 녹색산업에 무게 중심을 두고 사업을 추진하고 있고 우리나라에서도 현 정부가 이 사업을 중점적으로 추진하고 있다. 녹색산업은 지구오염을 피하고 환경을 보호 하는 산업으로 저탄소 녹색성장을 지향하는 산업을 일컫는 말이다.

현재 전 세계가 녹색 열풍으로 뜨겁게 달아오르고 있다. 일본은 태양광발전 등 21개 핵심 녹색기술 개발에 관한 쿨 "어스(Cool Earth)"

계획을 발표했고, 영국은 신·재생에너지 산업 육성을 골자로 한 "그린혁명계획"에 2020년까지 약 200조원을 투자하여 녹색시장을 선점하기 위해서 노력하고 있다. 미국도 늦었지만 오바마 대통령이 당선되면서 향후 10년간 1500억 달러를 투입하는 강력한 녹색산업 육성책인 "뉴 아폴로 프로젝트(New Apollo Project)"라는 녹색산업을 시작하였다. 뿐만 아니라 유럽 선진국들도 나름대로 녹색 산업 시장에서 선점을 하기 위해서 풍력발전과 지열발전에 연구를 집중하여 국가의 기반산업으로 추진하고 있다.

정부의 사업 추진 방향과 세계의 성장 동력 방향이 녹색산업에 초점이 집중되기 때문에 국내의 모든 산업분야에서는 사용에너지와 탄소배출을 줄이는데 노력을 기울이고 있다. 사용에너지와 탄소배출을 줄이기 위하여 관련 산업과 상품생산에서 효율성을 높이고자 자원의 효율적 사용을 연구하여 공해요소를 줄여 가고 있다. 또한 기존에 폐기물로 여기던 자원을 재활용하는 산업분야에서도 녹색산업의 노력이 두드러진다 하겠다. 녹색 산업의 분야와 종류를 보면 다음과 같다.

녹색산업의 분야와 종류

분야	종류
저탄소 배출 관련 산업 신·재생에너지산업 친환경부품소재산업	하이브리드 자동차, 전기 자동차, 수소연료 자동차 태양광산업, 해상풍력산업, 축산 폐기물, 조력 발전 광기술 기반 소재 산업, 친환경 자동차, 항공기의 경량화 소재 산업

녹색서비스산업	녹색관광, 친환경 지식서비스산업인 컨설팅이나 특허 등의 지적재산권 관련 산업, 환경 관련 교육서비스 산업, 고효율 저탄소 산업시설 설비
자원재활용 관련 산업	플라스틱이나 비닐 등에 대한 자원 재활용 기술, 서비스 관련 산업
고효율 장비 산업	LED 관련 산업, 고효율 유리창 관련 산업
장치 관련 산업	열효율 증가 관련 산업, 에너지 효율 관련 산업

최근 우리나라에서는 탄소 배출을 줄일 수 있는 하이브리드 자동차 관련 산업과 LED(발광다이오드) 관련 산업에 대한 관심이 증가하여 여기에 연구력이 집중되고 있다.

7. 블루오션 직업을 선택하라

블루오션이란 프랑스 유럽경영대학원의 김위찬 교수와 르네 모보르뉴(Renee Mauborgne) 교수가 1990년대 중반 가치혁신(value innovation) 이론과 함께 제창한 기업 경영전략론이다. 《블루오션전략》이라는 제목으로 단행본으로 출간되자마자 세계적 베스트셀러로 주목받으며 26개 언어로 전 세계 100여 개국에서 번역 출간되었다. 한국에서는 삼성전자(주)와 LG그룹이 블루오션전략을 경영전략으로 도입할 것을 선언하면서 정계 · 재계 지도자들의 필독서가 되었다.

블루오션이란 우리말로 푸른 바다라는 뜻으로 수많은 경쟁자들로 우글거리는 레드오션, 즉 붉은 바다와 상반되는 개념으로, 경쟁자들이 없는 시장을 의미한다. 기업이 더 많은 가치를 창출하기 위해서는 레드오션 시장에 진입할 것이 아니라, 경쟁이 없는 새로운 시장, 즉 블루오션을 창출해야 한다는 것이다. 결국 남들이 진입하지 않는 블루오션을 창출하기 위해서는 발상의 전환을 통해 고객이 모르던 전혀 새로운 시장을 창출해야 한다는 전략이다. 따라서 블루오션 시장으로서 가치를 가지기 위해서는 창의성이 있어야 한다. 남들이 진입하지 않은 시장에 새로운 사업으로 진입해야 한다는 것은 창의성이 없으면 안 되는 것이기 때문이다.

직업분야에서도 블루오션 전략은 적용된다. 이미 포화된 직업 시장에 진입하게 되면 기존 시장의 가치를 시장에 진입한 사람으로 나누어 갖는 것과 같다. 예를 들면 지구상의 직업의 가치가 전체적으로 50억 원이라면, 내가 일하는 직업에 50억 명이 종사한다면 나의 가치는 50억 원/50억 명이므로 1원의 가치 밖에는 없지만 나 혼자만하는 직업이라면 50억 원의 가치를 갖게 된다. 따라서 남들이 안하는 직업을 선택해서 한다면 지구상의 가치는 전부 나의 것이 된다. 문제는 내가 선택한 새로운 직업이 지금까지는 없기 때문에 나의 직업은 남들에게 알려져 있지 않아 시장에 진입하는 것에 시간이 걸린다. 때로는 새로 만든 직업이 만들자 말자 대박을 터트리는 경우도 있겠지만 가치를 생산하는데 오랜 시간 걸리는 직업의 경우에는 얼마 버티지 못하고 포기하게 되는 경우도 많다.

몇 년 전 아동요리지도자라는 직업이 나올 때만해도 아동에게 요리를 왜 가르칠까라는 의구심으로 아동요리지도자를 직업에 대한 가치로 인정하지도 않았다. 하지만 지금은 어느 문화센터를 가도 아동요리

프로그램이 없는 곳이 없다. 불과 5년 사이에 취업률이 가장 높은 직업 중의 하나가 바로 아동요리지도자가 된 것이다. 처음에 시작한 사람들은 높은 수입을 보장받고 있으며 아직도 아동교육 시장에서 중요한 테마로 자리 잡고 있다. 이처럼 새로운 직업은 시장에 진입하기가 어렵지만 진입하기만 하면 시장을 선점할 수 있어 엄청난 이익과 명성을 가질 수 있다는 장점이 있다.

8. 코치라는 직업에 관심을 가져라

코칭에 대한 정의는 코치의 종류에 따라서, 보는 시각에 따라서 다양하게 정의될 수 있다. 일반적으로 코칭이라고 하면 대부분이 스포츠 팀의 코치가 하는 일을 연상하게 된다. 워낙 일찍부터 스포츠 분야에서 선수나 팀을 훈련시키는 사람을 코치라고 불렀기 때문이다.

스포츠 분야에서 의미하는 코칭이란 선수와 팀의 능력을 시합장에서 최고로 발휘할 수 있게 전문적으로 양성된 사람으로 선수관리와 운동연습 등 시합의 순조로운 진행 등을 위해 선수들을 지도하는 과정을 말한다. 따라서 코치는 선수와 팀이 원하는 목표를 달성하도록 도와주는 역할을 수행하여 팀과 함께 성공의 기쁨을 나누는 역할을 담당한다.

코칭은 점차 스포츠뿐만 아니라 비즈니스, 라이프, 커리어 등 일상에서 흔히 접할 수 있게 되었다. 코치는 일반적으로 그 사람 내부의 잠재력을 끌어내어 성과를 내게 하는 행위(코칭)와 그런 프로세스를 행하는 사람(코치)이라는 의미로 정착되게 되었다. 여기서 전문적인 교육을 받은 사람을 코치(Coach)라고 한다. 그리고 여기서 코치를 받는 사람을 코티(Coty)라고 조작적으로 정의하였으며 이후 통일된 용어로 사용하였다.

라이프코치(Life coach)는 원래 미국에서 20년 전 보험설계사들이 고객을 대상으로 재정적 문제 뿐 아니라 개인적인 고민까지 코칭해주면서 시작된 직업이다. 그러나 요즘에는 경영학의 리더십의 한 분야로써 자리 잡아가고 있다.

오래전부터 라이프코치 역사를 가진 미국 및 유럽선진국에서는 라이프코치가 보편적 직업으로 자리 잡혔으며, 대중적으로도 인지도가 높다. 이러한 이유로 점차 사회가 발전할수록 코치라는 직업이 인기를 끄는 신종 직업이라는 인식 때문에 라이프코치를 직업으로 삼으려는 이들이 늘고 있다.

우리나라에서도 라이프코치라는 말이 들어오기 전에 선진국처럼 보험설계사들이 라이프플래너라는 이름으로 사용하였기 때문에 일각에서는 라이프코치를 라이프플래너로 이해하는 경우가 많다. 그러나 라이프플래너와 라이프코치는 엄연한 차이가 있다. 라이프플래너는 고객의 재정적인 문제를 설계해주는 한정적인 의미로 쓰이나 라이프코치는 사람의 인생 전반에 걸친 모든 부분들을 설계해주는 의미로 사용한다.

라이프코치는 아직까지 정확한 개념정의나 직무분석이 이루어지지 않아 라이프코치와 관련하여 활동하고 있는 개인이나 단체에 따라 개념정의나 직무에 대한 부분에 대해 차이가 있다. 한국라이프코치연합회에서는 라이프코치란 개인의 잠재능력을 발견하여 신속 정확하게 개인의 삶에서 일어날 수 있는 모든 문제해결이나 목표를 달성하도록 도와주는 강력하고 전문적인 촉진자를 의미한다. 간단히 말하자면 개인의 삶에서 생기는 모든 욕구를 해결해주는 전문가를 라이프코치라고 한다. 라이프코치는 너무 광범위한 영역을 다루기 때문에 이 모든 문제를 해결하는 것보다 자신의 전문성을 바탕으로 코치라는 개념을 도입하여 코칭하는 것으로 직업이 세분화되고 있다.

요즘에는 건강에 대한 관심이 높아지면서 다이어트 코치(다이어트를 관리해주는 전문가), 스트레스 코치(스트레스를 관리해주는 전문가), 이어 코치(귀를 관리해줌으로써 신체를 편안하게 해주고 건강을 도와주는 전문가), 의료 관광 코치(국내 병원에서 진료 및 치료 서비스를 받고자 하는 외국인 환자를 위해 다양한 의료서비스와 관광을 연계한 프로그램을 기획하고 진행하는 전문가), 요리치료코치(요리를 통해서 사람의 장애를 진단하고 치유를 도와주는 전문가), 헬스힐링 코치(개인의 건강을 제3의학으로 치유해주는 전문가) 등이 주목을 받고 있다. 또한 매스컴에서 부각되고 있는 공부와 관련 있는 학습코치, 학습매니저, 학습상담사, 학습 컨설턴트 등으로 불리는 직업 등이 있다. 이러한 직업은 요즘 새롭게 만들어진 직업으로써 학교 교육과 학원 교육으로는 학습목표에 도달하지 못한 학생들을 대상으로 학생들의 공부에 대한 문제와 자기주도적인 공부습관을 길러주도록 상담하고 공부 방법을 지도해 주는 전문가를 말한다. 대학 정도만 나오면 누구든지 평소에 매일 하던 공부이기 때문에 공부 방법만 공부해서 쉽게 접근할 수 있는 직업이다.

　이러한 새로운 직업은 사회의 발달에 따라 더욱 다양화해지고, 전문화, 세분화될 것으로 예측한다.

9. 많은 지식을 가진 직업보다는 창의성이 필요한 직업을 선택하라

엘빈 토플러의 제3의 물결이란 책을 보면 사회는 크게 3번의 혁명을 맞으면서 발전하였다고 한다. 제1의 물결은 농업혁명이고, 제2의 물결은 산업혁명이고, 제3의 물결은 지식정보화혁명이라는 것이다. 그는 농업혁명시기에 사회의 부는 땅을 많이 가진 사람이고, 땅을 갖지 못한 사람이 노예가 되는 시대라고 했으며, 산업혁명시기에는 공장과 자본을 많이 가진 사람이 자본가로서 부자가 되고, 공장과 자본을 갖지 못한 사람은 노동자가 되는 시대라고 했으며, 지식정보화혁명에서는 지식을 많이 가진 사람이 부를 갖는다고 하였다.

따라서 2000년 전까지는 대학은 나오지 않아도 운이 좋으면 성공할 수 있었지만 이제는 대학을 나오지 않으면 취직 자체가 어렵기 때문에 성공할 수 있는 확률은 점점 적어진다. 그래서 우리의 사회는 점점 고학력 사회로 진입하게 되고 이러한 학구열은 대학 진학률 85%의 나라를 만들어냈다. 문제는 일정한 지식을 가진 사람이 너무 많아져서 대학을 나왔다고 성공하기는커녕 취업도 못하는 경우가 생겨났다. 이러한 문제는 누구나 알고 있는 일반적인 지식을 다 같이 많이 가지고 있다는 것이다. 즉 지식의 차별이 적다는 것이다.

시대의 변화는 기업 활동에도 변화를 주어 산업혁명 사회처럼 커다란 공장을 지어서 일정한 모델의 상품을 만들어 내기만 해도 팔렸던 시대에서 정보화 사회로 전환되면서 금방 싫증을 내고 새로운 것을 요구하는 소비자들의 다양한 욕구를 충족시킬 수 있는 다양한 상품을 지속적으로 개발하고 만들어야만 하는 시대로 바뀌었고 전문적인 지식만으로는 다양한 새로운 상품을 개발하는데 한계가 있도록 하였다.

결국 시대의 변화는 새로운 사회 변화를 요구하는데 그것이 바로 제4의 물결 또는 제 4의 혁명인 것이다. 앞으로 다가오는 미래 시대를 제4의 혁명인 꿈의 혁명시대라고 한다. 꿈의 혁명 시대는 바로 꿈만 꾸면 다음날이면 이루어지는 사회를 의미한다. 꿈의 혁명 시대를 이끄는 사회의 주역은 바로 창의성을 가진 사람들이다. 창의성은 선천적으로 가지고 태어난 것이 아니라 다양한 경험을 바탕으로 만들어 지는 것이다.

창의성은 기존의 지식들을 융합하여 새로운 것으로 만들어 내는 것으로 창의력을 높이기 위해서는 재학 시절에 공부만 해서 되는 것이 아니라 다양한 사회활동이나, 봉사활동, 외국 연수 등 새로운 환경을 경험하거나 공부하는 것이 중요하다.

　종합해 보면 지금처럼 대학에서 지식만을 배워서 취업을 하게 된다면 일자리야 가질 수 있지만 급변하는 세상에서 직업을 오랫동안 유지하기는 어렵게 된다. 따라서 남들이 다 가지고 있는 지식을 가지고 취업하기 보다는 창의성을 필요로 하는 직업을 선택하게 된다면 사회의 변화가 계속되어도 선도적인 일을 할 수 있기 때문에 오랫동안 직업을 가질 수 있고 남들이 생각 못하는 부분을 생각하기 때문에 그것만으로도 높은 가치로 인정받을 수 있다. 따라서 많은 지식을 가진 직업보다는 창의성을 필요로 하는 직업을 선택하는 것이 좋다.

10. 돈을 많이 벌고 싶으면 취업보다 사업을 해라

온라인 취업사이트 사람인에서 직장인을 대상으로 "회사에 입사한 것을 후회한 경험이 있습니까?"라는 설문을 진행한 결과, 직장인 10명 중 8명은 회사에 입사한 것을 후회한 경험이 있는 것으로 조사되었다. 연령대별로 살펴보면, '30대'(82.4%), '20대'(82.2%), '40대' (75.4%), '50대 이상'(45.4%)의 순으로 젊은 층에서 입사 후회 경험이 더 많은 것으로 나타났다. 입사한 것이 후회될 때는(복수응답) '업무량에 비해 연봉이 너무 적을 때'(45.7%)를 1위로 꼽았고, '회사의 비전이 안 보일 때'(44.8%)가 근소한 차이로 그 뒤를 이었다. 다음으로 '회사 일에 치여 사생활이 없을 때'(36%), '상사, 동료와 마찰이 있을 때' (32.7%), '자기계발이 안 될 때'(30.9%), '업무가 적성에 안 맞을 때' (27.3%) 등의 순이었다. 한편, 입사 후회를 하지 않기 위해 '외국어,

자격증 등 자기계발에 힘쓴다.' 라는 직장인이 37.9%로 가장 많았다. 이 밖에 '업무와 휴식 시간의 균형을 맞춘다.' (18%), '인정받기위해 성과를 낸다' (13.8%), '상사, 동료와 대화의 시간을 가진다.' (13.1%) 등의 의견이 있었다.

'업무량에 비해 연봉이 너무 적을 때' 입사한 것이 후회된다는 의견이 가장 많은 것을 보면 대부분의 직장인들은 자기계발을 포기하면서 사생활도 없이 열심히 일을 한다면 높은 연봉을 받을 수 있다는 생각을 하지만, 실제로는 그렇지 못하다는 것이다. 온라인 취업사이트 사람인의 연봉에 관한 최근 설문조사 결과를 보면, 연봉제를 시행하고 있는 기업에 재직 중인 직장인의 69.4% 정도가 회사 방침이라는 이유로 연봉 협상보다는 일방적 통보로 연봉이 결정된 것으로 조사됐다. 올해 결정된 연봉에 대한 만족도는 77.4%가 '만족하지 않는다.' 라고 답했으며, 그 이유로는 '충분한 금액이 아니라서' (47.8%)라는 의견이 가장 많았다.

실제로 대부분의 기업에서 말하는 연봉 협상이란 것은 회사의 기준으로 연봉을 측정해서 적정성 여부를 평가한다는 의미이지, 무슨 프로 스포츠 선수처럼 몸값을 올리거나 깎는 흥정이 아니라는 것이다. 결국 회사에서 주는 대로 받을 수밖에 없는 처지인 것이다. 안타까운 일이긴 하지만, 대표적인 성과주의 임금체계인 연봉제가 많은 기업에서 도입하고는 있지만 그 취지와는 다르게 연봉협상을 통하여 연봉을 결정하는 기업은 많지 않은 것 같다. 직장인에게 있어 연봉협상은 그림의 떡이다.

경영자의 입장에서 생각해 보자. 자신이 잘하고 있다고 생각하는 일을 누군가가 더 낮은 연봉으로 할 수 있다면 누굴 택하겠는가? 그렇다고 자신의 일을 다른 누군가가 대신 할 수 없도록 동료나 후배들과 정보를 공유하지 않는다면 정리해고 대상이다. 업무 노하우는 개인의 것이 아니라 회사의 자신이며, 이를 공유하지 못하는 경우 회사는 큰 손실을 입을 수도 있기 때문이다.

직장인들은 매일같이 다람쥐 쳇바퀴 돌 듯 늘 반복되는 일상 속에서, 과중한 업무와 프로젝트로 야근을 밥 먹듯이 하고 하루하루를 숨가쁘게 생활한다. 그리고 언젠가는 자신의 이러한 노력과 열정을 보상을 받을 것이라고 기대한다. 하지만 현실은 그렇지 않다. 회사는 우리의 젊음과 청춘, 그리고 열정을 바치라고 말한다. 우리는 쉽게 회사에 다닌다는 말을 쓴다. 회사에 다닌다는 의미는 무엇일까? 나와 회사 간의 시간에 대한 계약이다. 우리가 제공하는 노동의 대가로 회사는 시간당 얼마를 주기로 하고 계약을 맺게 된다.

직장에 목숨을 걸고 있지는 않은가? 혹시 자신이 핵심인재라는 착각 속에서 직장을 다니고 있지는 않은가? 한 가지 명심해야 할 것은 회사가 아무에게나 돈과 시간을 들여 핵심인재로 키우려 하지 않는다는 것이다. 회사는 우리의 경력이나 미래에 대하여 어떤 식으로든 책임을 지지 않으려 하며 책임져줄 수도 없다. 나름 훌륭한 직장을 구하거나 능력 있는 직장 선배나 상사를 만나는 행운을 얻기도 한다. 한마디로 나를 키워주는 회사나 사람이다. 하지만 그것은 정말 운이 좋았을 때 이야기로 일반적인 직장인들이 충분한 부를 축적하기 전 회사를 떠난다는 사실이다. 시키면 시키는 대로, 까라면 까라는 식으로 충성을 다해 일했지만 어느 날 갑자기 전화 한통 또는 문자메시지나 e-메일로 해고통보를 한다, 정말 황당한 일이 아닐 수 없다. 운 좋게 남들은 다 떠나고 정년퇴직까지 나름대로 능력을 인정받아 생존하는 사람도 있기는 하다.

'직장인은 봉', '월급봉투는 유리지갑' 이라는 말에 걸맞게 꼬박꼬박 내는 각종 세금과 천정부지로 뛰는 물가는 이번 달 월급봉투도 얇게만 느껴진다. 때문에 재테크와 은퇴설계는 요즘 직장인들의 최대 관심사중 하나다. 금융권의 대출 심사가 까다로워지면서 과거와 같이 은행돈으로 부동산 투기에 나설 처지도 못된다. 벗이나 회사동료와의 술자리에서 유망한 재테크 방법이라도 나올라치면 귀가 번쩍 뜨인다. 은행의 급여통장 대신 CMA를 이용하고 없는 돈을 쪼개 펀드에 가입한다. 혹시 모를 과로사를 위해 보험금도 착실히 붓는다.

물론 언제나 긴장 속에서만 사는 것이 아니기에 주말에는 마음의 여유를 찾기 위해 가족과 함께 여행을 가거나 인터넷 동호회를 통해 심신을 단련하기도 한다. 활성화 된 사내 동아리가 있다면 직장 동료 간 친목을 도모하면서 애사심도 함께 키운다. 대한민국 직장인들은 매순간 행복한 미래를 꿈꾸며 자신만의 '성공시대'를 써내려가고 있는 것이다. 하지만 직장 생활을 통해 얼마나 많은 사람이 부를 축적하는지 생각해보라. 그 많은 시간과 정성을 쏟아 돌아오는 대가를 생각해보아야 한다. 직장생활이 안정을 줄 수는 있다. 하지만 그 이상의 부를 제공해주지는 않는다. 만약 지금 진정으로 바라는 게 부(富)라면 직장생활은 제고해봐야 할 부분이다.

10. 코끼리형 인간보다는 벼룩형 인간이 되라

Employment Bible

벼룩형 인간은 세계적인 경제평론가 찰스 핸디가 자신의 저서 『코끼리와 벼룩』에서 인용한 말이다. 찰스 핸디는 거대조직(코끼리)의 일원인 것이 인생의 전부였던 시대가 끝나고 이제 개인(벼룩) 스스로가 조직인 사회가 온다고 예견한다. 즉 어느 학교를 나와 어느 직장에 있느냐가 인생의 밑그림을 결정하는 시대가 끝났다는 것이다.

코끼리들의 조직에서는 내가 아니더라도 일을 대신해 줄 사람이 있었고, 일이 잘못된다고 하더라도 숨을 곳이 있었다. 이러한 이유로 코끼리형은 급변하는 사회의 변화에 민첩하게 적응하기 못하고 치열한 생존경쟁에서 뒤질 수밖에 없다. 반면에 벼룩형 인간들은 창의성을 가지고 급변하는 사회의 변화에 민첩하게 적응할 수 있을 뿐만 아니라 계속 자기 생활을 영위하기 위해서 자기계발을 끊임 없이 한다. 따라서 사회나 기업에서는 코끼리형 인간보다는 벼룩형 인재를 원할 수밖에 없다는 것이다. 그리고 앞으로 지적재산들의 대부분이 변화를 선도하는 벼룩들의 소유가 되어 빠르게 변화하지 못한 코끼리들은 벼룩들의 지식을 임대해서 살아가는 존재로 전락하게 될 것이라고 한다.

벼룩형 인재는 조직에 머물지 않고 자신의 능력이나 가치를 만들어가는 프리랜서를 가리킨다.

저자 찰스 핸디는 자유를 얻기 위해 안정을 버리고 모험의 세계로 자신을 데려온 사람이다. 목사의 아들로 자라 다국적 석유회사인 쉘에서 근무하다 그만두고 런던경영대학 교수를 지냈다. 그리고 49세 때부터는 책을 쓰고 강연과 방송을 하는 프리랜서가 되었다. 취업시장을 보아도 정규직보다는 계약직이나 아웃소싱을 선호하는 것을 보면 코끼리의 일원으로 일할 수 있는 기회보다는 프리랜서로 살아가야 하는 것을 전망할 수 있다. 찰스 핸디는 그의 저서에서 영국 전체 회사의 10%만이 5명 이상의 직원을 고용하고 있다는 사실만 보아도 '코끼리의 몰락'은 이미 시작되고 있는 것이라고 단정하였다.

프리랜서는 졸업장이나 학위가 아닌 자기 분야에서 타의 추종을 불허하는 감각과 창의력으로 평가받는다. 우선 가장 먼저 다가오는 것이 소속이 없어지면서 생기는 상실감일 것이다. 따라서 가정이나 교회, 자선 단체 등에서 활동하는 사람들이 늘어날 것이다. 또 차별성의 문제에 부딪혀 나를 어떤 방법으로 세상에 알릴 것인가에 대해 고민하고 어떻게 남들과 달라 보이기 위해 노력할 것이다.

같은 공부를 해서 점수를 몇 점 더 받는 것은 이제 의미가 없다. 남들이 전혀 모르는 지식을 갖는 것이 훨씬 좋다. 새로운 시대를 살아가는 또 하나의 중요한 화두는 신념이다. 자기 자신이 신념을 관리하지 않는 이상 어느 누구도 동기를 부여하거나 자극이 되지 않는다. 내가 나를 자극해서 신념을 유지하는 것이 중요한 일이 된다.

제3장

직업을 가지려면 나를 알아야 한다

　현대는 경제적인 여유를 위해서, 또는 자아실현을 위해서 누구나가 직장을 선택해야만 살아갈 수 있다. 인생에 있어서 첫 직장은 사회에 첫발을 내 딛는 것으로 여러 선택의 순간에서도 가장 중요한 것이라고 할 수 있다. 왜냐하면 직업과 직장의 첫 선택은 평생을 좌우하기 때문이다. 첫 직장에 어떻게 선택했느냐에 따라 사기의 꿈과 희망을 실현할 수 있는 일을 하면서 평생을 살아갈 수도 있고 자기가 원하지 않는 일을 하면서 평생을 살아가야 할 수도 있다. 더러는 적성에 맞는 직업을 평생 구하지 못하고 평생 고민 속에서 삶을 살아가야 할 수도 있다. 따라서 첫 직업이나 직장의 선택은 자신의 인생을 결정하는 중요한 첫 걸음이라 할 수 있다.

요즘처럼 변화가 심한 최근의 국내외 경제상황 하에서, 장래를 맡길 좋은 직업이나 직장을 찾아내는 일은 쉽지 않다. 따라서 자기가 원하는 직장이나 직업을 찾기 위해서는 자신의 적성에 대해 완벽하게 파악하고, 회사에 대한 많은 정보를 수집하여 준비를 해야만 가능하다. 자신의 미래를 아름답게 가꾸고 싶다면 자신의 직장을 타인의 선택에 맡기거나 단순한 평판을 기준으로 취업을 결정하는 일은 삼가야 하고 직업을 선택할 때, 미리 고용형태를 알고 지원하도록 한다. 원하는 직업과 직장을 선택하기 위해서는 일반적으로 다음과 같은 과정을 거친다.

1. 내 적성에 맞는 직업은?

　직업이란 사람이 살아가는데 있어 경제적인 문제를 해결해주는 생활수단인 동시에 자아실현의 한 방법이다. 때문에 현대사회에서 직업을 통해 경제 활동을 수행한다는 것은 생계를 위한 소득의 원천을 획득하는 동시에 능력발휘를 통한 자아실현을 도모한다는 의미가 된다. 이처럼 직업이 개인의 인생에서 중요한 부분을 차지하기 때문에 이를 실현하기 위한 직업선택 역시 간과될 수 없는 사안이라고 할 수 있다.

　직업을 선택할 때 고려할 사항에는 여러 가지가 있겠지만 무엇보다 제일 먼저 해야 할 일은 적성검사라고 할 수 있다. 적성이 맞으면 자기가 하는 일이 즐거울 수 있으나 적성에 맞지 않으면 아무리 좋은 일이라도 고통스러운 날들의 연속으로 결국 직업을 포기하게 된다. 그러나 앞에서도 거론했지만 적성을 선택할 수 있는 것은 선택할 수 있는 직업이 많은 경우에 해당된다. 우리나라에서 적성에 맞는 직업을 가지고 있는 사람은 30% 채 안된다고 한다. 결국 나머지 사람들은 적성은 맞지 않지만 어쩔 수 없이 다니고 있다는 결론이다. 하지만 모든 일이 마음먹기에 달린 것처럼 어떤 일이든 열심히 즐겁게 한다면 그것이 적성이 될 수 있음을 꼭 기억해두자

성격의 유형에 따라 잘 맞는 직업도 있다. 성격에 따라 직업을 가지게 되면 항상 즐거운 마음을 가지고 직업에 임하여 자신의 행복한 삶을 영위하면서 직업생활을 할 수 있다. 따라서 성격 유형별로 맞는 직업을 보면 다음과 같다.

성격의 유형에 맞은 직업

성격 유형	특성	분야	직업
사교형	언어 능력이 뛰어나고, 남 앞에 나서기를 좋아함.	정치, 교육, 개인 사업 등	외교관, 사업가, 교육자, 목사, 임상 심리학자 등
활동형	신체적인 활동을 좋아하는 성격	개인 사업, 운송업, 판매업, 낙농업 등	비행사, 사회사업가, 판매원, 운전기사, 낙농가 등
내성형	혼자 생각하고 활동하는 것을 좋아하는 성격	문학, 예술, 디자인, 과학 등	디자이너, 이용사, 사진작가 등
사고형	문제를 깊이 생각하기를 좋아하는, 추상적이고 논리적인 성격	과학, 역사학 등	물리학자, 인류학자, 화학자, 수학자, 생물학자 등
강인형	운동 신경이 발달되어 있고, 의지력이 강한 성격	스포츠, 항공 운송, 해상 운송 등	선장, 비행사, 항해사, 운동선수 등
담대형	모험을 좋아하는 두려움이 없는 성격	여행, 항해, 비행 등	등산가, 탐험가, 항해사, 선장, 기관사 등

안정형	책임감이 강한 성격	행정, 통계학 등	은행원, 통계학자, 공무원, 아나운서 등
예술형	상상력과 창조성이 풍부한 성격	문학, 음악, 미술, 연극 등	시인, 소설가, 음악가, 화가, 극작가, 연출가 등
냉담형	객관적으로 관망하며, 치밀하게 계산하는 성격	정치, 공직, 요리, 의료 등	의사, 정치, 군인, 공무원, 사회자, 변호사, 검사, 경찰, 요리사, 간호사
흥분형	다혈질이라 감정의 폭발이 쉬운 성격	연예, 예술	응원단장, 스턴트맨
순종형	유순하면서 예의바른 성격	사무	회사원, 공무원, 수위
독립형	강한 의지로 독자성 발휘하는 성격	개인 사업, 농업 등	사업가, 기자, 편집인, 낙농가, 약사
민감형	신경과민으로 감정이 앞서는 성격	경찰, 예술 등	형사, 연출가, 배우
행동형	왕성한 에너지와 공격적인 성격	항공, 봉사, 농업 등	조종사, 사회사업가, 농부, 낙농, 운전사
고독형	공상적이며 표현하기 싫어하는 성격	예술	작가, 화가
태평형	여유 있고 낙관적인 성격	농업	농부, 농장경영인
지배형	강력한 통솔력과 독선적, 명령적인 성격	정치, 리더 등	정치, 군인, 경찰, 사회자, 경영주

2. 어떤 직장을 선택해야 하는가?

직장은 자신이 평생 일해야 하는 곳이기 때문에 여러 가지를 고려해야 한다. 한 연구 조사 결과에 의하면 구직자들이 첫 직업을 선택하는 데 고려하는 것으로 성장·발전 가능성(17.9%), 급여·복리후생(16.4%), 국가·사회기여도, 기업신뢰성(10.0%), 사풍·근무 분위기(8.6%), 안정성(7.3%), 경영자 신뢰성(7.3%), 사회적 지명도(6.0%), 국제성장성(3.4%), 규모(3.2%), 연구개발력(2.4%), 기타(6.0%)로 나와 있다. 그러나 아무리 좋은 직업이라도 자신의 능력을 최대한 발휘할 수 있고, 그렇게 함으로써 가장 큰 만족과 행복을 느낄 수 있는 직업을 선택하는 것이 가장 중요하다 하겠다. 그러기 위해서는 먼저, 나에 관한 정확하고 충분한 이해가 필요하다. 자신의 내면적인 것은 흥미, 성격, 가치관, 적성을 말하고 기업의 외형적인 것은 기업의 주체나 형태,

회사의 사풍, 비전, 근무조건, 발전 가능성 등을 말한다. 직장을 선택하는 데는 내면적인 조건들을 정확히 파악하고 그 다음에 우선 기업의 외형적인 조건에 대한 만족이 있어야 하겠다. 기업의 외형적인 만족이란 자기가 선택한 직장이 평생을 바쳐 일할 수 있는 직장으로 충분한지 기업의 주체나 형태, 회사의 사풍, 비전, 근무조건, 발전 가능성 등 다양한 측면에서 점검을 하고 선택하는 것이 좋겠다.

직장 선택 시 외형적인 고려사항

부 문 별	체크 포인트
기업의 주체	·국영, 민영, 공사, 개인회사, 상장, 등록, 일반법인 여부
경영자의 인사관리	·족벌, 친인척우대 등 능력 외적인 면이 작용하는지 여부
학교선호	·진급 시 출신학교 선호 여부
지역차별	·특정지역 출신 배제 여부
근 무 지	·자신의 환경과 여건을 고려
업무특성	·업종별 업무특성 파악
안 정 성	·기업의 재무구조나 규모, 전망, 가능성
수 익 성	·급여, 복리, 후생제도
장 래 성	·기업의 성장성, 직무내용 및 성취감 부여, 전공을 살릴 수 있는지 여부, 직업자체가 갖는 전문성과 장래성
근무조건	·근무시간, 휴일, 도시, 지방 등의 지리적 조건. 소음공해 등의 환경
업종선택	·제조업, 첨단산업, 정보산업, 서비스산업, 자동차산업, 항공산업, 환경산업, 교육사업 등

가. 대기업과 중소기업

인터넷 취업포털 잡링크(www.joblink.co.kr)가 대졸 신입 직장인 2127명을 대상으로 설문조사를 벌인 결과 "선호하는 기업의 형태"를 묻는 질문에 응답자의 35.8%(1,115명)가 '대기업'을 꼽았고, '중소기업'은 7.9%(247명)이라 답했으나 "실제 입사한 기업형태"로는 '중소기업'이 39%(829명)를 차지했고 '외국계기업' 19.1%(406명), '대기업' 17%(362명), '벤처기업' 16.8%(357명), '공기업'은 8.1%(173명) 순이었다. 이처럼 선호하는 취업과 실제 취업과의 차이는 매우 컸다. 또한 대기업 155개사와 외국계기업 35개사, 중소기업 72개사를 상대로 조사한 결과, 대졸신입 사원 초임연봉은 대기업, 외국계기업, 중소기업 순으로 나타났다.

구직자들이 대기업을 선호하는 이유에는 여러 가지가 있지만 중소기업보다 연봉이 많고, 회사가 튼튼하며 복리 후생제도가 좋다. 그리고 기업의 이미지가 널리 알려져 자긍심을 갖는데 도움이 되며, 경력을 인정받아서 다른 직장으로 이직하는데 유리하다. 아울러 우리나라에서 인맥이 중요하기에 대기업에서 만난 인맥이 나중에 다른 직장에서도 필요할지도 모르기 때문이다. 그러나 대기업은 중소기업보다 생존경쟁이 심하고 그만큼 일을 열심히 해야 함을 잊어서는 안 된다.

그렇다면 중소기업과 대기업의 구분은 무엇인가? 대기업과 중소기업을 나누는 기준은 대단히 복잡하다. 통상 자본금이 80억 원 이상이면 대기업그룹에 속하고, 이하이면 중소기업에 속한다. 또한 자본금이 80억 원 이하라 하더라도 상시 종업원이 1,000명이 넘을 경우 대기업그룹에 속하게 된다.

좀 더 정확히 대기업과 중소기업을 구분한다면 중소기업의 기준은 중소기업분류기준에 의하여 아래와 같다. 이를 기준으로 그 이상이면 대기업이라 할 수 있다.

중소기업 분류 기준

해당업종	범위기준
1. 제조업	상시근로자수 300인 미만 또는 자본금 80억 원 이하
2. 광업, 건설업, 운수업	상시근로자수 300인 미만 또는 자본금 30억 원 이하
3. 대형 종합 소매업, 정보처리 및 기타 컴퓨터운영 관련업또는 매출액 300어 원 이하	상시근로자수 300인 미만
4. 종자 및 묘목 생산업, 어업, 전기, 가스 및 수도사업, 연료 및 관련제품 도매업, 호텔업, 휴양 콘도 운영업, 통신업, 엔지니어링 서비스업, 병원, 영화산업, 방송업	상시근로자수 200인 미만 또는 매출액 200어 원 이하
5. 의약품 및 정형외과용품 도매업, 통신판매업, 방문판매업, 여행알선, 창고 및 운송관련 서비스업, 산업용 기계장비 임대업, 전문, 과학 및 기술 서비스업, 공연산업, 뉴스 제공업, 하수처리, 폐기물처리 및 청소관련, 서비스업	상시근로자수 100인 미만 또는 매출액 100억원 이하
6. 농업 및 임업, 도매 및 상품 중개업, 음·식료품 위주 종합소매업, 연구 및 개발업, 사업지원서비스업, 식물원, 동물원 및 자연공원, 유원지 및 테마파크 운영업, 산업용 세탁업	상시근로자수 50인 미만 또는 매출액 50억 원 이하

| 7. 기타 모든 업종 | 상시근로자수 30인 미만
또는 매출액 20억 원 이하 |

나. 공무원,

고용불안이 가중되고 있는 가운데 상대적으로 안정적인 직장으로 간주되는 공무원에 대한 관심이 높아지고 있다. 대학생이 가장 선호하는 직업을 보면 공무원이 48%로 가장 높게 나타나 공무원이 가장 이상적인 직업이라고 인식하고 있다.

현재 9급 공무원 채용시험의 경우 합격자 중 대학재학 이상의 학력소지자 비율이 90%를 넘는 상황이고 고졸자는 5%내외인 것으로 나타났다. 7급의 경우도 마찬가지로 고졸이 전무한 상태로 예전 9급은 고졸, 7급은 대졸이라는 공식이 없어진지 오래며 공무원에서도 학력파괴가 뚜렷이 나타나고 있다. 뿐만 아니라 공무원 응시자가 100대 1을 넘는 경우가 많다. 특히 요즘에는 경기가 어려운 사회현실을 반영이라도 하듯이 안정된 공무원을 지원하는 구직자가 늘고 있다.

최근 들어서는 서울에 있는 대학생들보다는 지방대 학생들이 높은 합격률을 나타내고 있다. 그것은 지방대 학생들이 대기업으로 진출하는 기회가 적다는 것을 인식하고 필기시험 없이 지원서만을 위주로 채용하는 곳보다는 객관성과 공정성이 보장되는 실력으로 승부를 할 수 있는 공무원 시험을 준비하는 것이 바람직하다 생각하기 때문이다. 또한, 공무원 시험은 눈높이를 낮추어 9급에 응시할 경우, 3개월에서 1년만의 준비로 평생 직업을 가질 수 있다는 이유와 일찍부터 공무원시험을 준비할 경우 남들보다 앞서 취업할 수 있다는 이점이 있다.

○ 공무원의 종류

◆ 국가공무원 · 지방공무원
- 국가공무원 : 국가공무원법의 적용을 받는 국가공무원
- 지방공무원 : 지방공무원법의 적용을 받는 지방공무원

◆ 경력직공무원 · 특수경력직 공무원
- 경력직공무원 : 임명절차에 따라 평생토록 공직근무가 예정되는 경력직공무원
- 특수경력직 공무원 : 선거 또는 정치적으로 임명되는 특수경력직 공무원

◆ 입법공무원 · 사법공무원 · 행정공무원
- 입법공무원 : 입법부의 사무를 담당하는 국회의 사무직원
- 사법공무원 : 사법부의 사무를 담당하는 법관 기타 사법부 직원
- 행정공무원 : 행정부의 사무를 담당하는 공무원

◆ 준공무원

정공무원의 신분에 준하는 취급을 받는 자를 말하는데, 공공기업체의 임직원 중에는 준공무원의 신분을 가진 자가 많다. 예컨대 한국조폐공사, 대한무역투자진흥공사, 한국도로공사, 한국은행의 임원과 직원, 대한석탄공사, 대한주택공사, 대한광업진흥공사, 한국관광공사, 농어촌진흥공사, 한국가스공사, 한국방송공사, 한국산업은행, 한국수출입은행, 한국외환은행, 중소기업은행, 국민은행의 임원, 금융통화운영위원회 위원 등과 기타 직원도 공무원으로 간주된다.

○ 시험 응시 방법

◆ 시험의 종류

공무원이 되기 위해서는 채용시험을 거쳐야 하는데 채용시험에는 공개경쟁채용시험과 특별채용시험이 있다. 공무원의 채용은 공개채용을 원칙으로 하되 공개채용시험에 의한 충원이 곤란한 분야에 한해 제한적으로 특별채용시험으로 뽑고 있다. 공개채용시험은 중앙부처의 계장, 시·도의 과장계급인 5급 공채, 중견실무직급인 7급 공채, 그리고 하위직인 9급 공채시험으로 나뉜다.

5급 공채는 행정고시, 외무고시, 기술고시로 구분, 총무처장관이 실시한다. 7급 및 9급은 행정, 세무, 관세, 기계 등 중요 직렬은 총무처

장관이, 이외에는 각 부처 장관이 실시한다. 총무처 장관이 실시하는 시험은 매년 1월초 서울 신문에 공고한다.

◆ 시험방법

시험방법은 3차로 나눠 5급 공채는 1차 객관식, 2차 논문, 3차 면접으로 구분한다. 7·9급의 경우 1, 2차는 병합하여 객관식 필기시험을 치르며 3차는 면접이다. 필기시험에서 보통 최종 모집 인원보다 30%를 더 뽑아 면접시험에 응시하게 하고 있으며, 면접시험에서는 국가관과 윤리성을 중시한다.

◆ 공무원시험 출제수준

공무원시험 응시자격에 큰 제한이 없다하여 시험에 아무나 합격할 수 있는 것은 아니다. 선발 시험의 수준을 고려하지 않고 응시했다가 오히려 아무 성과도 기대할 수 없거나 도리어 낙담하기가 쉽다.

따라서 자신의 적성과 응시할 수 있는 시험의 수준을 미리 파악하고 준비하여야 한다. 공무원 임용령에 따르면 9급 공무원 시험은 고등학교 졸업 수준에서 7급은 전문대학 졸업, 5급은 대학 졸업, 기능직은 해당직무를 수행할 수 있을 정도의 기능 점검 수준에서 출제하도록 되어 있다. 그렇다고 고교졸업자가 무조건 9급 시험에 합격한다거나, 초등학교 졸업 학력으로 사법시험에 합격하지 못한다는 의미가 아니다. 다만 갈수록 경쟁률이 치열해지면서 9급 시험의 경우 대졸자들의 지원률이 80%~90%를 차지하여 하향 안정지원을 보이는 만큼 어지간한 준비로는 합격을 기대하기가 어려운 실정이다.

◆ 공무원시험 합격기준

공무원 시험은 7·9급 공무원 공개경쟁채용시험의 경우 제1·2차 시험은 선택형 필기시험이 병합 실시되고 제3차는 면접시험으로 실시된다. 사법시험 및 행정, 외무, 기술고등고시는 제1차로 선택형 필기시험이, 제2차로 논문형 필기시험이, 제3차로 면접시험이 실시된다. 우선 필기시험에서는 일반교양정도와 해당 직무수행에 필요한 기초지식 및 응용능력을 검정하고, 면접시험에서는 해당직무수행에 필요한 능력 및 적격성을 판단한다. 필기시험의 경우 합격선이 해가 갈수록 상승, 98년 9급 일반 행정직의 경우 매 과목 90점 이상을 득점해야 합격이 가능하였고, 지방직 공무원의 경우 모집인원수나 난이도의 차이는 있으나 대략 82~90점을 득점해야 안정권에 들었다. 면접시험의 기준으로는 첫째, 공무원으로서의 정신자세, 둘째, 전문지식과 응용능력, 셋째, 의사발표의 정확성과 논리성, 넷째, 용모, 예의, 품행 및 성실성, 다섯째, 창의력, 의지력, 기타 발전가능성을 기준으로 만점 15점, 최저 5점으로 채점하게 된다.

각 항목 중 하나라도 하(1점)로 평정 받게 되면 불합격 처리된다. 국가와 국민을 위해 봉사한다는 정신자세가 필기시험 점수보다 더 중시되는 만큼 그만큼의 사명감은 필수적이라 하겠다.

◆ 응시 연령

공무원 시험은 연령, 학력, 자격증 등 일체의 제한이 없다.

◆ 응시 자격

교육공무원이나 일반공무원의 임용에 있어 결격사유는 국가공무원법 제33조 (결격사유)에 의하여 다음 각 호의 1에 해당하는 자는 공무원에 임용될 수 없다. 따라서 다음의 사항에 위배되지 않는 경우 응시가 가능하다.

1. 금치산자 또는 한정치산자

2. 파산자로서 복권되지 아니한 자

3. 금고 이상의 형을 받고 그 집행이 종료되거나 집행을 받지 아니하기로 확정된 후 5년을 경과하지 아니한 자

4. 금고 이상의 형을 받고 그 집행유예의 기간이 완료된 날로부터 2년을 경과하지 아니한 자

5. 금고 이상의 형의 선고유예를 받은 경우에 그 선고유예기간 중에 있는 자

6. 법원의 결정 또는 다른 법률에 의하여 자격이 상실 또는 정지된 자

7. 징계에 의하여 파면의 처분을 받은 때로부터 5년을 경과하지 아니한 자

8. 징계에 의하여 해임의 처분을 받은 때로부터 3년을 경과하지 아니한 자

◆ 공무원 시험에 주어지는 가산 특전

최근 공무원 시험은 합·불합격이 1~2점 차이로 결정되므로 가산점수는 매우 중요하다고 할 수 있다. 가산특전은 취업보호대상자와 자격증 소지자를 대상으로 7급, 9급 공무원 시험에만 적용된다. 7급 공무원의 경우, 취업보호대상자 및 제대군인·장애인·자격증 소지자에게는 가산 특전이 있고 여성채용 목표제를 도입, 점차 여성합격자 비율을 높이게 된다. 가산자격은 다음과 같다.

가) 취업보호대상자

독립유공자 예우에 관한 법률 제16조 또는 국가유공자 등 예우 및 지원에 관한 법률 제29조에 의한 취업보호대상자는 필기시험의 각 과목별 득점에 각 과목별 만점의 10%를 가산해 준다.

나) 정보, 통신, 사무자격증 소지자

국가기술자격법령에 의한 통신. 정보처리 및 사무관리분야 자격증을 소지한 응시자 중 필기시험에서 매 과목 4할 이상 득점한 자에게는 필기시험의 각 과목별 득점에 각 과목별 만점의 일정비율(아래 표에 정한 가산비율)에 해당하는 점수를 가산한다.(전산직은 제외)

다) 국가기술자격법령 또는 기타 법령에서 정한 자격증 소지자

국가기술자격법령 또는 기타 법률이 정한 자격증 소지자가 당해분야(전산직 제외)시험에 응시할 경우 필기시험의 각 과목별 득점에 각

과목별 만점의 일정 비율은 다음과 같다.

공무원 시험에 주어지는 가산 특전

직무분야	채용계급	자격증 등급별 가산비율					
통신정보 처리분야	7급	정보관리기술사, 전자계산조직응용기술사, 정보처리기사, 전자계산기조직응용기사	3%	사무자동화산업기사, 정보처리산업기사, 정보기술산업기사, 전자계산기조직응용산업기사			2%
	9급	정보관리기술사, 전자계산기조직응용기사, 사무자동화산업기사, 정보처리산업기사, 정보기술산업기사, 전자계산기조직응용산업기사	3%	정보기기운용기능사, 정보처리기능사			2%
사무관리 분야	7. 9급	컴퓨터활용 능력1급	2%	워드프로 세스1급 컴퓨터활용 능력2급	1.5%	워드프로 세스2급, 컴퓨터활용 능력3급 1% 워드프로 세스3급	0.5%

구분	7급		9급	
산업기사 가산비율	기술사, 기능장, 기사, 5%	산업기사 3%	기술사, 기능장, 기사 5%	기능사 3%

다. 공기업

국가 또는 지방자치단체가 수행하는 사업 중에서 기업적인 성격을 지닌 것을 공기업이라 한다. 공기업은 국가 또는 지방자치단체가 소유하는 기업, 국가 또는 공공단체가 소유하며 경영하는 사업 등 국가나 지방자치단체가 자본금의 50% 이상을 출자한 공사혼합기업이다. 이러한 공기업이 설립된 동기는 선진국이든 후진국이든 간에 해당 사업의 투자로 경제발전을 도모하고자 하기 때문이다. 영국과 프랑스에 있어서는 제2차 대전 이후의 대규모적인 국유화 정책에 따라서 많은 공기업이 생겨나게 되었고 이탈리아의 경우는 1930년대에 있어서 사기업의 도산을 막기 위하여 광범위한 공기업화가 이루어 졌다. 또한 빠른 시일 내에 비약적인 경제발전을 이룩하려는 발전도상국가에 있어서는 민간 자본의 부족 등의 이유로 인하여 공기업화가 이루어져 가고 있다.

공기업의 직원은 공무원과 같은 신분을 보장받을 뿐만 아니라 공무원보다 더 많은 보수를 보장받으며 퇴직금에서도 훨씬 많은 혜택을 보고 있다. 따라서 구직자들이 선망하고 있는 직장 중에 하나라고 할 수 있다.

○ 공사와 공단

◆ 공사(公社)

공사란 정부가 설립하였으나 경제적으로 독립되어 있는 공법상의 법인을 말하는 것으로, 산업기지개발공사, 대한주택공사, 국제관광공사 등 공사형태의 공공기업체가 많다. 공사는 자본금 전액을 국가가 출자하여 국가가 이사회 또는 경영위원회 등의 경영 관리기관을 두고 있으나 일반법인의 총회에 해당되는 기관은 없다. 그러므로 독립채산제이나, 예산·결산은 국가의 예산·결산에 준하며 따른다.

◆ 공단(公團)

공단(公團)은 일정한 국가적 사업을 수행하기 위하여 정부의 전액출자에 의해 설립된 법인기업이다. 한마디로 목적수행을 위해 정부가 만든 기관이다. 정부의 전액출자에 의하여 설립되며, 전액출자라는 점에서는 공사(公社)와 같다.

공사가 경제적 생산을 주된 목적으로 하고, 공공적인 경제수요를 충족시키는 것과는 달리, 공단은 국가의 행정기관이면서도 법인화된 행정기관으로 행정의 능률화를 목적으로 하는 제도이다.

○ 공기업에 입시히기 위한 취업 준비

◆ 시험방법

공기업의 채용전형은 대개 서류전형, 필기시험, 면접으로 이루어진다. 물론 기업에 따라 인·적성 검사나 직무능력검사를 추가하기도 하고, 별도의 서류전형 없이 모든 지원자들에게 필기시험 응시기회를 부여하는 기업들도 있다.

◆ 필기시험 대비법

필기시험 과목은 주로 영어 상식 전공 논술 등이 포함된다.

-전공 관련 시험이 만만치 않으므로 대학 재학 중에 기초를 다지는 것은 물론 이미 출제된 문제를 중심으로 공부해야 하므로 관련 학원을 다니는 것도 권할 만하다.

-일부 기업에서는 상식이나 전공은 기업에 따라 실시하지 않는 경우도 있으므로 확인해야 한다.

-영어는 대부분의 공기업들이 TOEIC 성적으로 대체하고 있는 추세이기 때문에 영어의 경우 800점 이상의 토익 점수를 미리 받아둬야 한다.

-상식과 논술을 위해서 평소 꼼꼼히 신문을 읽고 스크랩 해두는 습관도 도움이 된다.

◆ 면접 방법

다만 공기업 자체가 공적인 기관이기에 일반기업과 달리 국가관, 가치관, 책임감 등을 중시하는 경향이 강하므로 이에 대한 준비가 필요하다. 또한 일반기업이나 벤처기업에 비해 상대적으로 보수적인 성격이 강하기 때문에 답변 자세나 옷차림에도 신경을 써야 한다.

한편 공기업들은 일반기업들에 비해 대학성적을 중시하므로 공기업으로의 취업을 염두에 두고 있는 학생이라면 학점관리에도 신경을 써야 할 것이며 각 기관별로 신입사원 선발 시기와 시험과목이 다르기 때문에 미리 파악해 두고 준비해야 한다.

◆ **가산점 제도**

취업보호 대상자와 국가유공자 자녀, 자격증이 있는 지원자들은 가산점이 있으므로 증빙 서류 제출에 특히 유념해야 한다. 공모전 참가 경험이 있다면 관련 증빙 서류도 필수이다. 주택공사는 기술직의 경우 공사에서 주최한 대학생 주택설계 공모전의 최우수상 및 우수상 수상자를 우대하고 있다.

국가기술자격법령에 규정된 통신, 정보처리 및 사무관리 분야 자격증에도 가산점이 부여된다. 그렇다고 여러 개의 자격증을 딸 필요는 없다. 2개 이상 자격증이 있을 때는 1개에만 가산점을 주기 때문이다.

라. 벤처기업

벤처기업은 첨단기술이나 새로운 아이디어를 사업화하는데 있어서 경영의 위험성은 매우 높지만 성공할 경우 상당한 수익이 기대되는 신규기업을 의미하며, 통상적으로 벤처기업, 벤처 비지니스, 신기술기업, 지식 집약적 중소기업, 하이테크기업 등 다양한 용어로 쓰이고 있다. 즉, 자본력이 아니라 새로운 아이디어와 기술로 승부하는 모험적인 중소기업을 말하며 소규모자본과 기술 집약형 사업으로 틈새시장을 개척, 매출액과 당기순이익에서 높은 성장률을 이룩하는 신생기업을 통칭하는 표현이다.

일반적으로 벤처기업이 일반중소기업과 다른 점은 첫째로 지금까지 없었던 창의적인 제품과 서비스를 내세운다는 점이고, 둘째로 창의적인 사업아이디어는 성공할 경우 높은 이익을 가져오지만 실패위험도 높다는 점이다.

벤처기업의 근무 환경을 보면 IT를 이용한 벤처기업들이 설립 초기부터 몇몇 벤처기업의 성공사례들이 매스컴에 등장하면서 신흥부자신드롬을 낳았다. 따라서 꿈을 갖고 많은 젊은이들이 도전하였으나 이제는 거품이 많이 빠지고 일반 직장 수준으로 자리를 잡았다.

벤처업계의 대우는 구하기 힘든 희귀 인력들을 제외하고는 인력 시장의 평균임금에서 크게 벗어나지 않고 있다. 급여가 다소 높더라도 근무시간과 근무강도를 감안하면 그다지 높다고 할 수도 없다. 신생벤처의 경우에는 법정기본 복리후생인 4대 사회보장제도(국민연금, 의료보험, 고용보험, 산재보험)만을 제공하는 경우가 많다. 그 외에 건강검진, 개인연금, 경조사 지원, 주택자금 대출, 자동차 유지비 등 모든 것을 지원하는 곳은 드물다.

벤처기업은 미래의 꿈을 위해 '벤처니까' 라는 정신무장 하나로 장시간 노동을 감수하며 법정 수당, 연월차, 휴가를 희생하는 경우가 많다. 그러므로 고액연봉과 스톡옵션 등 벤처의 화려한 면만 보지 말고 근무환경이 어떤지 충분히 살핀 후 견딜 수 있다는 각오가 서면 입사하도록 한다.

벤처기업들의 거품이 많이 사라져서 가상수요가 아니라 실제로 필요한 인력에 따라 직원을 뽑고 있다. 대부분의 업체들은 규모가 작기 때문에 이와는 별도로 수시 채용방식을 택하고 있다. 채용분야도 개발, 연구직은 물론 생산직이나 영업직, 관리직 등으로 넓어지고 있다. 벤처기업 인사담당자들은 채용기준 가운데 능력에 앞서 "회사의 문화에 잘 적응할 수 있는가"를 가장 중요한 항목으로 꼽는다.

O 벤처기업에 대한 선택기준

벤처 기업은 말 그대로 무에서 유를 창조하기 위하여 도전하는 것이다. 따라서 자신의 직장으로의 가능성을 타진하기 위해서는 회사에 대한 정확한 전망을 알아보아야 할 것이다. 회사의 전망에 대한 선택 기준으로 다음과 같은 것이 있다.

· 좋은 아이디어를 집행할 경영능력이 있는가?
· 기업가 정신은 투철한가? 빈약한가?
· 투자사들과의 약속을 잘 시켜시는가?
· 현상 유지형인가? 진취적 발전형인가?
· 대표의 능력과 마인드는 있는가?
· 현재 주식시장에 상장되어 있느냐?
· 재정 구조는 튼튼한가?
· 투자자로부터 충분한 투자를 받고 있는가?

마. 외국계 기업

외국계 기업은 외국에 본사를 둔 회사가 우리나라에 회사를 만든 경우를 말한다. 외국계 회사의 근무조건이나 근무환경은 대체로 좋은 편이다. 근로시간은 정확하게 지켜지며, 한 시간이라도 시간외 근무를 하게 되면 수당이 철저히 지급된다. 외국계 회사는 대부분 주 5일 근무방식을 채택하고 있으며, 휴가는 연중 어느 때든 신청 가능하다. 외국계 회사답게 해외연수의 기회가 부여되고 능력을 인정받으면 그 만큼 인센티브가 주어지지만 반대의 경우 가차 없이 해고 지스트에 올라간다.

복리 후생으로는 자녀교육비 지급이라든지, 주택마련 대출보조, 직원식당 운영, 정년퇴직제도 등을 실시하고 있다. 외국계 회사의 자회사는 진출해 있는 국가의 문화, 풍습과 사회제도 등을 철저하게 습득하여 자회사의 운영에 적극 반영하고 있다. 그러나 이들의 복리후생은 전체적으로 볼 때 국내의 대기업 수준에는 아직까지 못 미치는 편이다.

외국계 회사는 국내 일반 기업들보다는 임금 수준이 높은 편이며 성별에 따른 차별이 적지만 외국인 회사에서도 남녀차별은 존재한다. 겉으로 보기에는 전혀 차등을 두지 않는 듯 하나 실제로 여성들에게는 단순 업무나 반복적 업무 등 제한된 영역의 일이 주어지고 남성들에 비해 낮은 임금을 받는 경우들도 있다. 그러나 권위주의를 배제하고 합리를 추구하는 분위기이므로 비교적 자유로운 분위기에서 근무를 할 수 있다는 장점이 여성들에게는 유리하게 작용한다. 외국계 기업은 결혼 후 묵시적으로 퇴직을 강요하는 사례가 빈번한 국내 기업과는 달리 여성에 대한 퇴직 강요가 없어, 결혼 후에도 근무가 자유롭다.

특히 가사 일에 많은 시간을 쏟아야하는 국내 여성들은 상대적으로 자기 시간이 많다는 이유로 외국계 회사를 선호하는 경향이 있으며, 실제로 결혼 후의 근무율이 상당히 높은 편이다. 모든 외국인 회사의 조건이 동일한 것은 아니다. 국적이나 업종에 따라 근무조건이 판이하기 때문에 각 기업에 대한 정보를 최대한 입수하여 정확하게 판단, 지원하는 것이 중요하다.

외국계 기업에 진출하는데 있어 개인이 타고나야 하는 특성은 없지만 국내 기업에 비해 적응에 다소 어려움이 있을 수 있으므로 적극적이고 외향적인 사람이 유리하다고 볼 수 있다. 외국인들의 합리주의적 사고방식을 통해 좀 더 효율적인 업무의 처리를 배울 기회도 있지만 사고방식의 이질성 때문에 갈등이 생기고 이런 갈등들을 풀며 적응해야 하는 부담도 있음을 기억하자.

외국계 회사는 자회사 형태, 합작사 형태, 지점 형태, 대리점 연락사무소 형태로 존재한다.

○ 자회사

자회사는 국내에서 법인자격을 취득한 기업으로 이들 기업은 국내

현지법인이기 때문에 철수할 필요가 없으며, 회사 경영도 대부분 한국인이 할 만큼 자리를 잡아가고 있다. 대개 사업 영역이나 영업 실적이 매우 탄탄하기 때문에 경영상태도 안정적인 것이 특징이다. 자회사 형태의 외국기업들은 한국IBM, 한국유니시스, 한국디지탈, 한국P&G, 코카콜라, 한국듀폰, 한국후지쯔, 휴렛펙커드, 제너럴 다이네믹스 등이 대표적이다.

○ 합작사

합작사는 외국계 기업의 일반적인 진출형태로 대형 자본의 사업상 위험률을 줄일 목적으로 또는 국내 시장에 밝은 국내 기업을 파트너로 활용하여 합작하는 형태이다. 현지 기업의 자본과 기술, 현지 이익을 매개로 한 기업들의 국제적인 교류다. 이들 기업은 조직의 성장 가능성이 크고 직원들에 대한 대우도 안정적인 편이다. 그러나 국내기업과의 계약이 만료되거나 더 이상의 이익이 없다고 평가될 때 또는 더 나은 조건의 제의가 들어왔을 때는 언제든지 합작을 바꾸거나 철수 할 수 있는 가능성을 갖고 있다. 합작사형태의 기업으로는 동양 베네딕트, 유한킴벌리, 한국얀센 등이 대표적이다. 국내 대기업과의 합작사인 경우는 급여나 근무여건 면에서 국내기업과 외국기업의 중간정도로 볼 수 있다.

○ 지점

외국 기업의 지점 형태로 국내에 들어와 있는 기업들의 상호나 기능은 외국법인과 흡사하지만 실제로는 '한국회사' 다. 이들은 계약에 의하여 외국기업의 위탁을 받고 그 기업의 한국 내 업무를 담당하는 회사들이다. 지점형태는 대개 외국 항공사와 은행들로, 본국 직원들과 동등한 대우와 신분을 보장받을 수 있는 이점이 있다.

○ 대리점 연락사무소

대리점 연락사무소의 형태를 띤 외국계 기업은 대개 국내기업에 업무를 위탁한 후 소수 인력만으로 꾸려가는 외국항공사들 같은 경우다. 대리점 연락사무소형태의 외국계 회사는 직원들에게 본사직원이 아니라 현지 대리점 직원의 신분만을 보장하기 때문에, 본사의 통제를 전혀 받지 않는 대신 안성성을 보상받기가 힘들다. 그러나 대리점 연락사무소 형태라고 해도 인케터필러사 같은 경우는 인정받을 만큼 탄탄한 경영을 하는 곳도 있다.

◆ 외국계 회사의 취업 전략

외국계 회사는 직원 중 상당 부분이 외국인으로 되어 있기 때문에 취업 및 진급을 위해서는 외국어 능력은 필수이다. 그리고 제2외국어도 가산점 대상이다. 외국어 수준은 단순 회화능력보다는 자신의 사고를 면접관에게 논리적으로 전달할 정도의 능력을 길러야겠다.

외국계 회사는 대부분 신입사원보다는 경력사원 채용을 선호한다. 대학 졸업 뒤 해당분야에서 3년 정도 경력을 쌓은 다음 목표하는 기업에 도전하는 것이 더 유리할 수 있다.

◆ 취업 정보

외국계 회사에 대한 취업 정보는 적은 인력을 수시로 채용하여 광고비 등 구인 비용을 절감하는 차원에서 진행되기 때문에 구직자가 여러 경로를 통하여 직접 찾지 않으면 정보를 구하기 어렵다. 취업 정보는 대부분이 홈페이지나 신문, 취업 정보실을 이용해서 얻는 것이 좋으며, 그래도 취업정보를 구하기 어려우면 주한외국상공회의소나 취업 전문 업체를 이용하여 도움을 받아 보는 것도 좋다.

3. 고용형태를 알고 지원해야 후회하지 않는다.

　현행법에서는 모든 노동자는 고용형태에 관계없이 법에 의한 동등한 보호를 받도록 규정하고 있다. 그럼에도 불구하고 비정규직 노동자들은 법적인 보호를 제대로 받지 못하고 있으며, 나아가 비정규직 노동자들에 대한 불균등한 처우가 오히려 당연시되고 있는 것이 현실이다. 따라서 자기가 선택한 직장의 고용형태가 어떠한 형태인지를 분명히 확인하고 지원해야만 원하지 않는 해고를 면할 수 있다.

　고용형태를 보면 정규직, 비정규직, 수습사원, 일용직, 파견근로자, 유사근로자로 나눌 수 있다.

○ 정규직

일반적으로 종신고용이라고 일컬어지는 고용형태는 노동법상으로 근로계약기간의 정함이 없는 경우라고 보고, 이를 정규직이라고 한다. 즉 정규직은 근로계약기간을 정하지 않고 고용하며, 사원의 과실 또는 회사의 경영악화 등의 사유가 아니면 사원 의지에 의해 계속 근로를 할 수 있다.

○ 비정규직

비정규직이 무엇인가에 대해서는 노동법상으로 특별히 정하고 있지 않다. 비정규직은 그 자체에 특별한 고용형태를 가지고 있다는 의미라기보다는 정규직에 대응되는 개념이라고 할 수 있다. 즉, 정규직 근로자가 아니면 모두 비정규직이라는 의미다. 근로계약기간이 정하여져 기간이 종료되면 계약갱신을 하여 재고용을 하든지, 아니면 계약 만료에 의한 퇴사 처리를 하게 된다. 따라서 근로 계약서상에 이 같은 내용이 확실히 구분되어야 하며, 사원도 이를 인식하여야 한다.

○ 수습사원

회사의 취업규칙 등 회사규정에 의거 일정기간 동안(일반적으로 3

개월) 해당사원의 자질 및 근무태도 등을 평가(적합 또는 부적합)하는 본고용 이전의 단계로, 회사의 구체적인 수습사원 평가기준에 의하여 수습기간이 끝난 후 본고용 시에 정규직 또는 계약직 등으로 구분할 수 있다.

○ 일용직(part-time)

사무보조 아르바이트 등을 의미하며, 회사에서 특정의 업무수행을 위하여 정기 또는 비정기적으로 고용하는 인력을 말하는 것으로 실재 근로한 시간을 근거로 시급 또는 일급으로 임금을 지급한다.

○ 파견 근로자

파견 근로자는 근로계약한 곳과 다른 곳에서 일을 하는 간접고용의 형태의 근로자를 의미한다. 즉 파견회사(A회사)에 속해 있는 사람이 임금은 A회사에서 받는데, 일은 B회사에서 한다. 또한 정규직과 거의 같은 일을 하는데도 불구하고 임금은 70% 정도에 불과하고, 파견회사에 속해 있는 사람은 대부분 단기근로계약을 할 뿐만 아니라, B회사와의 파견계약이 종료되면 자동으로 퇴직하여야 한다고 정하는 것이 일반적이다

○ 유사 근로자

　노동법, 특히 근로기준법상 근로자는 아닌데 근로자의 근로형태와 유사하여 붙여진 이름이다. 학습지 교사, 골프장 캐디, 보험모집인 등은 실제 출퇴근시간이 정하여져 있고, 회사에서의 업무 지휘를 받는 등 근로자와 유사한 경우가 많지만 현재의 법률상으로는 유사 근로자는 독립사업자에 불과하고 근로기준법상의 근로자가 아니다. 따라서 법률상으로는 양 당사자가 평등한 관계이므로 계약의 해지가 자유로울 수가 있게 되는 것이고, 이를 바꿔 말하면 사용자는 쉽게 근로자를 해고할 수가 있게 되는 것을 의미한다.

4. 성공적인 취업을 위해 준비해야 하는 필수 조건

인터넷 취업포털 잡링크(www.joblink.co.kr)가 대졸 신입 직장인 2127명을 대상으로 설문조사를 벌인 결과 "입사에 가장 큰 도움이 되었다고 생각하는 것"은 '실무경험'이 30.6%(651명)로 가장 많았다. '외국어 및 컴퓨터 능력'은 24.8%(527명), '학연, 지연 등 인맥' 18.9%(402명), '학섬 빛 선공'은 15.7%(334명)', '자격증' 7.4%(157명), '기타'는 2.6%(56명)이었다. 지난 하반기와 비교해 볼 때 취업에 있어 인맥(11.2%)의 영향이 상당히 늘어난 것(7.7%증가)으로 나타났다. 그리고 특이한 점은 우리가 중요하다고 생각하는 학점 및 전공'은 15.7%로 4번째 중요한 것으로 나타났다. 의외로 제일 중요한 것이 실전 경험이라고 한다. 이 설문 결과를 보면 우리가 성공적인 취업을 위해서 무엇을 준비해야 하는가를 말해 준다.

1) 실무경험

현재 많은 기업들은 인턴십 프로그램을 운영하고 있다. 이는 기업에서 신입사원을 뽑아 그들을 직장에 맞는 인간으로 만들어 내는 수고를 덜기 위함이다. 인턴십 프로그램은 대학교 4학년 학생들에게 여름방학과 여름겨울방학을 이용하여 회사에 출근시켜 실무경험을 쌓도록 함으로써 취업에 바로 연결하는 기회를 제공한다. 따라서 인턴쉽 프로그램을 갖지 못하는 구직자들은 자기가 갖고자 하는 직업에 대한 공부와 체험을 통하여 전문성을 가져야 한다. 그렇게 하면 여러분들은 조금의 투자를 통하여 평생 원하는 직장에서 일할 행운을 얻게 될 것이다.

2) 외국어

현대를 글로벌 시대 또는 정보화 시대라고 한다. 글로벌 시대에 살아남기 위해서는 외국어 능력을 향상시켜야 한다. 예전에는 신입사원을 뽑아 사원교육을 통하여 외국어 능력을 향상시켜주었지만 이제 기업은 처음부터 외국어 능력을 완벽하게 갖춘 사람을 원한다. 따라서 요즘 구직자들은 웬만한 대기업에 취업하기 위하여 외국에 어학연수를 1년 정도는 다녀 온 것은 기본이고, 토플이나 토익점수 시험을 보아야 한다.

외국어 실력은 하루아침에 쌓을 수 있는 것은 아니다. 외국어 실력은 학과에 관계없이 입학과 동시에 장기간의 계획을 세워서 공부를 해야 하며 취업을 위해서라면 최소한 기초적인 영어회화가 가능하고 토익 750-800점 이상을 취득한다면 본인이 원하는 기업에 원서를 무난히 제출하여 취업을 할 수 있어 소기의 목적을 달성할 수 있을 것이다.

3) 컴퓨터 능력

21세기는 정보화 시대이다. 직장에서의 업무 또한 컴퓨터 의존도가 매우 높은 편으로 직장에서 컴퓨터가 없다면 업무수행은 거의 불가능할 정도이다. 따라서 취업 준비생에게 컴퓨터에 대한 기본적인 능력이 없다면 기업에서의 존재가치가 없는 것이다.

기업에서 바라는 공통적인 컴퓨터능력은 일반적인 업무수행에 필요한 OA수준의 컴퓨터능력(워드프로세서, 스프레드 쉬트, 프레젠테이션, 데이터 베이스, 인터넷 등)을 원하고 있으며 그 외에 업무와 관련된 특수한 프로그램(CAD, CATIA, 포토샵, 일러스트, 각종 컴퓨터언어 등)을 요구할 수도 있다.

이러한 컴퓨터와 관련된 능력은 숙달된 능력보다는 기초적으로 운용 가능한 능력을 원하고 있다. 왜냐하면 기업에 따라 같은 프로그램이라 하더라도 기업의 특성에 맞는 기능을 집중적으로 사용하는 경우가 많기 때문이다. 또한 정보화 능력을 가졌다는 증표로 컴퓨터 관련 자격증을 서 너 개씩 취득해서 취업을 준비하는 것도 좋은 방법이 되겠다.

4) 학연, 지연 등 인맥

우리나라에 외국 기업들이 와서 발을 못 붙이고 망해서 돌아가는 경우가 있다. 이들이 돌아가면서 하는 말이 "한국은 학연과 지연을 떠나서 살 수 없는 나라"라고 한다. 그렇다. 우리는 아직까지 튼튼한 학연과 끈끈한 지연이 필요한 사회이다. 다른 요인들이야 후천적으로 노력하면 된다고 하지만 학연, 지연은 한번 정해지면 바꿀 수가 없기 때문이다. 그러나 방법은 있다. 그것은 성실과 노력으로 인맥을 만들어 가는 것이다. 성실과 노력으로 쌓은 인맥은 학연, 지연보다도 더 든든한 배경이 될 수 있음을 간과하지 말자.

5) 학점 및 전공

학점 및 전공은 업무를 수행하는데 있어 업무와의 일치도 때문에 회사에서 중요하게 보고 있다. 대부분의 취업기관에서 취업을 위한 서류제출에 있어서 90%가 성적증명서 제출을 요구하고 있다. 이는 성적이 취업의 당락을 좌우하는 결정적인 요소는 아니지만 당락에 상당한 영향을 미치는 요소 중의 하나이다. 따라서 재학시절 적절한 성적관리는 필수 불가결한 것이다. 보통의 중소기업이 원하는 수준의 성적은 평균 평점이 최소한 3.5 이상이 되어야 무난히 취업서류를 제출 할 수 있을 것이다.

그러나 오늘날 그러한 전통적인 관념은 깨져가고 있다. 이제는 해당 분야에 전문적인 능력만 있다면 학점 및 전공과는 상관없이 취업이 가능한 경우도 자주 발생하고 있다. 따라서 미래가 보장되지 않는 전공을 했다고 해도 또한 대학생활을 충실히 하지 못해 학점이 나쁘더라도 위에 제시한 내용들을 바탕으로 능력을 업그레이드한다면 언제든 행운의 여신은 당신을 위해 미소를 보낼 것이다.

6) 자격증

요즘을 "자격증 시대, 자격증 홍수"라고 한다. 쓸모없는 자격증도 많지만 국가 기술 자격증들은 때로는 치열한 취업전선에서 구세주와 같은 역할을 하기노 한다. 실세로 공무원을 뽑거나 대기입에서 신입사원을 뽑을 때 가산점을 부여하고 있다. 따라서 취업이 확실히 보장되지 않았다면 자격증이라도 따서 여러분들의 가치를 높여보자. 자격증은 꼭 취업에만 도움을 주는 것이 아니라 여러분들의 창업에도 도움을 준다. 자격증은 여러분의 능력을 인정받는 것으로 여러분들에게 자신감을 줄 것이다.

따라서 자기가 원하는 기업체에 취업을 원한다면 최소한 전공과 관련한 산업기사 자격증을 취득하고 그 이외 PC와 관련한 자격증을 대학 재학 시절에 취득해 두면 취업전선에는 이상이 없을 것이다.

또한 남·여를 불문하고 요구되어지는 것이 바로 자동차 운전 면허증이다. 요즈음 여자라 하더라고 본인의 업무와 관련된 외부 업무라면 회사 소유의 차량을 가지고 자기의 업무를 수행할 수 있어야 하기 때문이다.

7) 교내·외 각종 봉사활동

기업의 면접 시 질문들을 분석해 보면 많은 기업들이 사회봉사를 한 경험이 있는지에 대해질문을 하고 있다. 이는 자기만이 아닌 다른 사람을 위한 배려가 어느 정도인지를 파악하고 회사에서 주어진 업무 이외에 다른 봉사나 시간 외 업무의 수행에 적극성을 보일 것인지를 알아보기 위한 것이다. 따라서 시간이 허락하는 대로 교내·외 봉사활동에 참여하는 것도 취업에 많은 도움이 될 것이다,

5. 취업을 위한 정보를 수집하라

　자기 적성에 맞는 직업을 선택하였다면 이제 직업이나 직장에 대하여 피상적으로 알았던 내용들을 구체적으로 확인하여 자신이 알고 있는 것과 비교를 해보아야 한다. 그래야 면접을 대비한 정확한 답변 자료를 구할 수 있고, 합격 시 그 직업이나 직장을 선택할 것인지를 결정할 수 있기 때문이다.

　직업과 직장에 대한 정보 수집은 자신의 적성 또는 전공과 연관된 업계를 탐구하고 그 중에서 자신이 가고 싶은 업계를 선택하기 위하여, 지망업계 전체의 정보를 수집하고 분석하여 그 지망업계에 어떤 기업이 있는지를 조사해 보는 것이다. 그 다음 자기가 선택한 직업에 대한 업계 전체의 현황과 최근 동향, 동종 업계에 근무조건, 보수, 전망, 장래성, 가장 적합한 직장 등에 대한 정보를 수집한다. 그리고 최종적으로 자신에게 가장 적합한 직장을 선택하는 것이다. 이러한 수고를 한다면 여러분은 후회 없는 평생직장을 선택할 수 있을 것이다.

직장이나 직업에 대한 정보 수집은 해당 회사의 인사담당자에게 문의하거나, 인터넷이나 취업담당 부서에서 제공되는 각종 가이드북이나 자료, 또는 취업전문기관 주최의 박람회(설명회), 취업 정보세미나, 취업관련 전문서적 등을 활용하면 된다. 그 외에 일간지, 경제신문, 취업 잡지 등 기타 많은 자료들을 보고 경제란과 취업관련 기사는 매일 체크하고, 스크랩해 두는 것이 좋다.

가) 지원회사 정보 수집을 위한 전화

전화는 얼굴과 표정이 보이지 않고 목소리만의 커뮤니케이션이므로 얼굴을 맞대고 이야기할 때보다 더 신경을 써야한다. 언어 이상의 마음의 뜻이 면접관에게 전달되어야 하기 때문이다. 특히 대면한 적이 없는 직원이나 인사담당자는 전화상의 인상으로 당신을 판단한다. 따라서 한 통의 전화로부터 채용시험은 시작되고 있다는 인식을 갖는 것이 중요하다.

전화 예절 포인트는 간결함이다. 알고 싶은 사항은 사전에 정리해두어 알고 싶은 것을 빠짐없이 묻도록 한다. 전화를 거는 시간대는 근무 시작 직전·후와 퇴근직전은 바쁜 시간대이므로 피하는 것이 좋으며, 오전 10~11시정도, 오후는 1시 반~4시정도가 좋다.

나) 회사 방문

전화를 통해 알기 어려운 것은 취업을 희망하는 회사를 사전에 방문하여, 인사 담당자 또는 선배 등으로부터 직접, 채용 방침이나 장래 계획 등을 듣는 것이다. 회사 방문 시기로 적당한 시기는 회사마다 다르지만 회사가 바쁜 월말이나 면접을 얼마 남겨 놓지 않은 때에 방문하면 환영받지 못한다. 또한 월요일이나 토요일은 피하는 것이 좋다.

회사 방문은 구직자에게는 정보를 수집하는 기회이지만 인사담당자는 방문 학생을 종합적으로 관찰하고, 회사에 적합한 인물인지 사전 평가를 하는 기회로 삼을 수도 있다. 따라서 회사 방문은 단순히 정보를 수집하기 위해 방문하는 것이 아닌, 사전 면접시험적인 의미를 지니고 있는 점에도 유념해야 한다. 좋은 인상을 남기기 위해서 면접 시에 준비해야 하는 대로 준비하여 돌출 질문에 대한 답변을 잘해야 함은 물론 정확한 질문을 준비하여 담당자의 시간을 소비하지 않도록 하는 것도 중요하다.

3) 직장 선택

직장을 선택하기 위해서는 여러 종류의 정보를 수집하여, 다방면으로 연구·평가할 필요가 있다. 회사연감, 기업총람 또는 판매되고 있는 취업정보지 등이 있다. 직장에 대한 객관적인 평가가 가능하려면 선택하려는 회사의 자본금, 종업원 수, 매출액 등을 수집하고, 동 업종의 2개 이상의 기업에 대하여 사장의 경영 마인드, 경영방침부터 회사의 분위기, 사원의 만족도, 사원의 연령구성비, 인사제도, 교육연수제도, 전근의 정도, 급여, 상여, 휴가, 복리후생 등의 근무조건, 전망, 안정성, 장래성 부분을 비교 평가하여 높은 점수를 받은 기업을 선택하는 것이 좋다.

4) 서류 준비

원하는 직업에 맞는 기업을 선택하여 취업을 하고자 할 때는 이력서 또는 입사지원서, 성적증명서, 자기소개서, 각종 자격증 사본 등을 제출하게 된다. 이들 제출서류는 직접 제출하거나 우편으로 발송하게 된다. 제출하기 전에 서류상에 미비점이 없는지 다음과 같이 한번 살펴보고 보내는 것이 좋다.

· 이력서, 자기소개서 등은 전체적인 형식에 잘 어울리는가?
· 오자나 탈자는 없으며, 도장은 찍었는가?
· 사진 및 기타 부속물은 제 위치에 잘 부착되었는가?
· 어학인증서, 자격증 사본, 추천서 등은 첨부했는가?
· 이력서 자기소개서 등은 면접에 대비해 복사해 두었는가?
· 봉투는 제대로 작성되었으며, 우표는 잘 접착되었는가?

서류를 발송할 때는 정확히 도착하게 하는 것이 관건이다. 많은 생각으로 결정한 기업에 대하여 서류가 제시간에 도착하지 못한다면 일할 기회를 잃어버리기 때문이다. 따라서 마감일 전에 서류가 도착할수 있는 시점에서 자신이 직접 우체국으로 가서 등기(속달)로 부치는것이 좋다. 기업체에 응시할 때는 3~ 4개 회사 또는 수십 차례 서류를넣게 되는 수가 있으므로 그에 대한 관리가 필요하다. 여러 회사에서서류를 발송하고, 회사로부터 면담요청이 왔을 때, 어느 회사 어느 직종으로 지원했는지 생각나지 않아 당황하는 경우가 있다. 따라서 제출한 이력서 등의 사본과 함께 응시사항을 한 눈에 파악 할 수 있는 지원서 관리노트가 필요하다. 지원서 관리노트를 통해 자신이 응모했던 현황을 금방 알 수 있어 실수를 방지할 수 있다. 또한 면접을 하고 난 뒤그 결과를 분석하여 관리 노트에 기록을 해두는 것이 좋다. 어떤 점에서 실수를 했는지 파악하여 다음 면접 시 보완 자료로 활용할 수 있기때문이다.

응시 관리 노트

회사명	특기 사항

□ 서류접수일시 :
□ 합격자 발표일 :
□ 전화상담(☎   )
   부서명: 직위:
   상담자명:
□ 방문면담
   부서명: 직위:
   면담자명:
	① 회사의 조건
	② 합격 시 준비 사항
	③ 상담내용
	
	③ 소집일

5) 시험과 면접

취업을 하기 위해서는 시험이라는 관문을 걸친다. 시험은 필기시험과 면접으로 나누어진다. 필기시험은 회사에서 필요한 해당분야의 전문지식을 평가하기 위하여 서면으로 이루어진다.

면접이란 일반적으로 필기시험을 실시한 후에 최종적으로 기업의 경영자 또는 인사담당자가 지원자를 직접 만나 인성과 지식수준, 성장 가능성 등을 평가하여 자사에 필요한 인재인지의 여부를 판단하는 공개채용 시험의 최종관문을 말한다. 시험과 면접은 뒤에서 따로 자세하게 설명하고자 한다.

6) 결과

시험과 면접이 끝나면 이제 합격과 불합격을 기다려야 한다. 결과를 기다리는 동안 구직자들은 초조해지기 마련이다. 따라서 심한 스트레스를 받는 사람이 있는 반면에 기다리는 동안 초조해서 다른 일을 하지 못하고 결과만 기다리는 구직자도 있다. 그러나 합리적으로 사는 사람은 결과야 어떻게 나올지 모르니까 결과에 연연해하지 말고 만약 불합격된다면 다음의 진로는 무엇인가를 빨리 결정하여 준비하는 것이 바람직하다 하겠다.

합격한 구직자라면 직장생활을 어떻게 시작해야 행복한 생활을 할수 있는지, 직장에서 원하는 사람은 무엇인지, 직장 예절은 무엇인지에 대하여 준비하는 것이 좋다. 그러나 불합격 한 구직자는 자신이 이번에 안 된 이유를 분석하여 다음 지원을 위하여 커리어를 향상시키는 방법 찾는다든지, 부족한 부분을 보충하는 것이 좋다.

제4장

취업관련 채용정보가
취업을 부른다

시간의 소중함

시계만을 평생 만지며 살아온 시계방 주인이 있었다. 이 시계방 주인이 자기 아들한테 주기 위해 시계를 만들었다. 시계방 주인은 아들한테 줄 시계의 초침을 황금으로 빚었다.

그리고 분침은 은으로, 시침은 동으로 하는 게 아닌가.

곁에 있던 그의 아들이 물었다.

"아버지, 시침을 황금으로 하고, 분침을 은으로, 그리고 초침을 동으로 빚어야 하지 않은가요?"

시계방 주인이 대답했다. "아니다. 초침이 가는 것이야말로 황금의 길이다. 초를 허비하면 황금을 잃는 것이야." 시계방 주인은 계속해서 말했다.

"그리고 분침이 가는 것은 은이 가는 길이다. 분을 아끼는 사람은 그나마 은 정도는 모으게 돼." "하지만 시침을 가지고 말하는 사람은 3등밖에 하지 못한다."

그의 아들이 대꾸했다. "아니, 초가 모여서 분이 되고, 분이 모여서 시간이 되는데 어떻게 그렇게 등급이 나뉠 수 있지요?"

시계방 주인이 말했다. "네가 말한 것은 시간의 공식일 뿐이다. 초를 아끼지 않는 사람한테 어떻게 분이 있을 수 있으며 시간이 있을 수 있겠느냐? 내가 말한 것은 시간 소비에 대한 등급이다."

시계방 주인은 아들의 손목에 황금 초침 시계를 채워주면서 말했다. "이 세상의 변화는 초침에 맞추어지고 있다는 것을 잊지 말아라. 동과 은과 금의 나뉨은 초를 어떻게 쓰느냐에 달려 있는 것이야."

1. 취업이 어려우면 눈높이를 낮추어야 한다.

이력서를 제출해도 취업이 안되거나 경기가 좋지 못할 때 성공적인 취업을 원한다면 취업에 대한 눈높이를 낮추어야 한다.

1) 눈높이를 한 단계 낮춰라.

처음 직장을 시작하는 사람들은 기업의 외형적인 규모만을 가지고 대기업을 선택하기보다는 실질적으로 적성이나 보람을 가지고 오랫동안 근무할 수 있는 중소기업을 선택하는 것도 바람직하다. 재취업을 하는 구직자들은 전 직장에서 받던 보수나 직책에서 얽매이지 말고 당장할 일이 없다면 3D업종이라도 일자리만 주어지면 할 수 있다는 생각이 필요하다.

2) 최신 취업 정보를 수집한다.

현대는 정보전이다. 취업 시기를 알지 못한다면 아무나 지원하고 싶은 회사가 있어도 취업하지 못한다. 따라서 취업에 관련된 최신 정보에 대하여 많은 정보를 얻도록 노력해야 한다. 각광받는 업종이나 유망직종, 자격증 등 취업에 직접적 관련이 있는 것이나 면접에 필요한 시사 등에 민감해야 한다. 정보를 많이 가진 사람은 느긋하게 결과를 기다릴 수 있다. 그러나 정보를 갖지 못한다면 취업의 기회를 잃을 수도 있다.

3) 미래를 준비하라.

이제 대학을 안 나온 사람은 아무도 없다. 대학을 넘어 대학원, 외국 연수가 기본이 되고 있는 실정이다. 따라서 나만이 가진 특색과 경력을 위하여 많은 준비를 해야 한다. 그 중에 하나가 사격증, 어학실력, 컴퓨터능력 등 회사에서 원하는 직업능력을 기본으로 갖춰야 한다. 사회는 전문가를 필요로 한다. 따라서 한 분야만이라도 전문가가 되어야 한다.

4) 기다리지 말고 찾아다녀야 한다.

무한정 취업 시기 만을 기다리지 말고 직업을 직접 찾아다녀야 한다. 신문과 인터넷은 물론 주변에 있는 취업정보센터, 인력은행, 지방 노동사무소 등을 찾아다녀 원하는 직업에 대한 정보를 얻거나 지원을 해야 하겠다.

5) 자신을 PR할 줄 알아야 한다.

현대를 자기 PR시대라고 한다. 사회생활이 바빠지면서 많은 사람을 만나게 된다. 짧은 시간동안의 형식적인 만남이라 해도 나에 대한 기억이 특별히 오래 남을 수 있도록 자신을 PR하는 방법을 준비해야 한다. 특히 자기소개서나 면접에서 스스로가 필요한 사람이라는 것을 인식할 수 있도록 겸손하면서도 튀는 방법으로 자기를 PR할 줄 알아야 한다.

6) 자신의 이미지 관리가 중요하다.

사람은 첫인상에 의하여 모든 것이 결정될 만큼 첫 이미지는 중요하다. 따라서 언제나 밝고 적극적인 이미지관리가 필요하기에 머리모양과 옷차림, 화장 등을 신경 쓰도록 하고 외양뿐만 아니라 마음에서 우러나는 예의를 갖추도록 한다.

2. 평생교육으로 취업이 가능하다.

유네스코는 인류가 처하고 있는 교육위기를 인식하고, 그 원인이 무엇이며, 어떻게 대처해야 할 것인가에 대한 실마리를 풀어나가는 해결책으로서 평생교육을 제시하였다.

유네스코는 평생교육에 대하여, '평생교육은 교육의 모든 과정을 활성화하는 원리이며 신생아 시설에서부터 죽을 때까지 계속되는 통합적인 성격의 교육을 말한다. 평생교육의 통합적인 성격은 일생을 통한 각 연령층의 수직적인 통합과, 개인과 사회생활의 여러 측면들을 포함하는 수평적인 통합에 의해 성취되어야 하는 것이다.' 라고 밝히고 있다.

우리도 열린 교육체제의 제도적 기반 구축을 위해 학점은행제 도입, 학교의 평생교육 기능 확대, 시간제 학생 등록 실시, 성인학습자의 다양한 교육욕구 수용, 원격교육 지원체제 구축 등의 방안을 제시하였다. 오늘날 평생교육의 중요성은 평균수명의 증가와 여가시간의 증대로 인하여 사회적 차원에서 필요성이 증가하고 있으며, 특히 정보화 사회가 발전함에 따라 그 중요성이 더욱 커질 전망이다.

1) 평생교육을 통한 취업의 가능성

국가적 차원에서의 평생교육 진흥은 평생교육기관들의 설립과 학습자들의 팽창에 큰 효과를 가져와 오늘날 평생교육기관들과 평생교육 수요자들의 양적인 증가는 괄목할 만한 성장을 하였다. 그래서 평생교육은 주변에서 쉽게 접근이 용이하며 수강료 또한 매우 저렴하거나 무료로 운영되고 있기 때문에 미리 미래의 직업을 준비한다는 입장에서 교육을 받는 것도 좋은 방법이라 하겠다.

가) 강좌 수강을 통한 직업능력 개발

평생교육에 대한 일반적인 생각은 교양 · 문화강좌 위주로 진행된다고 생각하여 취업과는 무관하다고 생각한다. 그러나 실상은 고급 기술 지향 프로그램과 전문가를 양성하는 과정부터 교양 · 문화 강좌까지 다양하다. 또한 평생교육은 시대의 변화에 따라 사회가 필요로 하는 프로그램을 가장 발 빠르게 만들어 운영하고 있기 때문에 취업의 가능성도 높다고 할 수 있다.

나) 평생교육원 강사

평생교육 기관의 양적인 증가는 여가의 증가와 주 5일 근무제와 맞물려 더욱 증대할 것으로 예상됨에 따라 강사요원이 절대적으로 부족한 실정이다. 물론 평생교육 강사는 전문적인 지식을 요하는 것도 많지만 대부분은 강좌를 이수함과 동시에 강의 능력만 있다면 쉽게 강의가 가능한 것들이 많다. 평생교육의 이념은 평생교육을 통해 배우던 학습자가 배운 것을 다시 가르치는 강사로서 학습에 참여할 수 있게 한다. 현재 유명강사로 활동하고 있는 많은 분들이 평생교육원에서 수강해서 명강사 반열에 오른 분들이 많다. 따라서 직업능력을 개발하여 취업을 할 수도 있지만 평생교육 관련 기관에서 강의하는 강사가 되어 보는 것도 좋다.

2) 평생교육원을 통한 직업능력 개발의 장점

가) 적성에 맞는 교육을 선택할 수 있다.

평생교육은 학력과 나이, 성별 등 모든 것을 초월한다. 더욱이 대학에서 무엇을 전공했는가 하는 문제도 필요 없다. 자기가 하고 싶은 일을 선택해서 그 분야를 배우면 된다. 대학 전공이 맘에 들지 않거나 새로운 적성을 위해 도전하고 싶다면 평생교육을 통해 자신을 충분히 업그레이드 할 수 있다.

나) 시간이 절약된다.

평생교육은 다른 공교육보다 과정이 짧다. 아무리 길어도 3개월에서 6개월이면 그 분야의 필요한 모든 것을 배울 수 있는 프로그램들로 구성되어 있다. 과정에 따라서는 인터넷을 통한 원격교육으로도 과정을 이수할 수 있기 때문에 편리한 시간을 이용해서 공부할 수 있는 장점이 있다. 따라서 평생교육은 적은 시간을 투자해서 자기의 평생 직업을 만들 수 있다.

다) 비용이 저렴하다.

평생교육은 기관에 따라서 수강료가 천차만별하지만 국가에서 운영하는 기관은 거의 무료이며 수강료를 받아야 월 1~2만 원 정도 밖에는 하지 않는다. 대학 평생교육원에서 운영하는 프로그램은 조금 비싼 편으로 학기당 15만원에서 50만원까지 다양하게 개설되어 있다. 그러나 본인이 노력해서 많이 알아보면 무료나 저렴한 수강료로 배울 수 있는 기관들이 의외로 많다.

라) 봉사할 수 있는 기회가 생긴다.

평생교육원에서는 학습자들과 학습동아리를 만들어서 사회에 참여하는 기회를 가질 수 있다. 자기가 배운 것을 지역사회에 환원할 수 있기 때문에 지역사회에 봉사한다는 만족감을 느끼기 위하여 참여하는 학습자들도 증가하고 있다. 실제로 평생교육을 통해 배운 것을 지역의 초·중·고에서 학생들을 위한 체험학습이나 방과 후 활동 등에 적용하여 자원봉사 지도교사로 참여하기도 하고 보수를 받고 참여하는 경우도 많다.

3) 평생교육 기관의 성격에 따른 분류

우리나라 평생교육 기관의 성격에 따른 분류를 보면 우리 주변의 거의 모든 교육기관이 평생교육 기관임을 알 수 있다. 따라서 그만큼 취업을 할 수 있는 기회가 많다는 것을 의미한다.

① 공무원 연수기관에서의 평생교육

  − 공무원과 교육훈련

  − 교육훈련기관의 기본교육훈련

  − 교육훈련기관의 전문교육훈련

  − 퇴직예정 공무원을 위한 교육훈련

② 교원연수기관에서의 평생교육

③ 학교에서의 평생교육

  − 학교시설을 이용한 평생교육의 의의

  − 초 중등학교에서의 평생교육 현황

  − 대학에서의 평생교육현황

④ 지역사회에서의 평생교육

  − 시·군·구민회관

- 주민자치센터
- 한국지역사회교육협의회
⑤ 기업체에서의 평생교육
⑥ 기능대학에서의 평생교육
- 기능대학에서의 평생교육
- 평생교육원에서의 평생교육
⑦ 원격매체를 통한 평생교육
- 평생교육원격대학에서의 평생교육
- 원격연수기관 및 사이버에서의 평생교육
- 한국방송통신대학교에서의 평생교육
- 방송통신고등학교에서의 평생교육
⑧ 여성교육시설에서의 평생교육
⑨ 노인 및 복지시설에서의 평생교육
⑩ 청소년 수련시설에서의 평생교육
⑪ 문화시설에서의 평생교육
⑫ 대중매체 및 사업장 부설 평생교육
⑬ 시민사회단체에서의 평생교육
⑭ 학원교육
⑮ 농촌 성인을 위한 평생교육

3. 직업훈련은 또 다른 구직활동이다.

　정부가 마련하는 직업훈련 프로그램에 참여하는 경우에는 훈련과 정을 무료로 수강할 수 있다. 거기다 조건만 맞으면 훈련생은 훈련과 정과 요건에 따라 훈련수당도 받게 된다. 고용안정을 위해 직업훈련을 실시하는 기업에게는 훈련비와 훈련기간 중 지급한 임금의 일부를 지 원한다. 배우면서 수당도 받을 수 있는 직업훈련은 현장에서 필요로 하는 직종에 대한 직업능력 과정을 훈련으로 제공한다. 단순 기술부터 고급기술까지 다양한 과정이 운영되므로 자기의 노력 여하에 따라 원 하는 직업을 직업훈련에서 다시 찾을 수 있다.

1) 직업훈련 정의

빠른 기술변화가 수반되는 지식정보화사회에서는 안락한 평생직장에 만족하기보다는 이러한 변화에 유연하게 대처하기 위한 부단한 능력개발이 무엇보다 중요하다. 직업훈련은 기초적인 직업능력의 배양을 통해서 취업기회를 확장함은 물론 그때그때 필요한 직무수행능력을 보충함으로써 근로자의 자기계발을 성취하는 수단이 된다. 최근의 고용조정과정에서 직업능력의 개발은 미래의 재도약을 위한 투자로서 새로운 경쟁력 창출의 원동력이 된다. 이러한 취지에서 정부는 근로자의 평생능력개발을 위한 제도적 장치를 마련하고 특히 실직자의 재취업촉진과 고용안정을 위하여 모든 근로자가 아무런 비용 부담 없이 직업훈련을 받을 수 있도록 하였다.

2) 직업훈련 지원대상과 내용

· 고용보험적용사업장의 실직자

훈련비와 실업급여 또는 훈련수당을 지원한다. 훈련비용은 훈련과정을 개설·운영하는 훈련기관에 지급하므로 직업훈련을 받고자 하는 실직자는 무료로 수강할 수 있다. 실업급여를 받지 못하는 실직자에게는 훈련수당을 지급하며, 실업급여를 받는 실직자의 경우 훈련기간 중 실업급여가 종료될 때에도 훈련 종료 시까지 훈련수당을 지급한다.

· 고용보험이 적용되지 않는 사업장의 실직자

정부가 마련하는 직업훈련 프로그램에 참여하는 경우에는 훈련과정을 무료로 수강할 수 있다. 훈련생은 훈련과정과 요건에 따라 훈련수당도 받게 된다. 고용안정을 위해 직업훈련을 실시하는 기업에게는 훈련비와 훈련기간 중 지급한 임금의 일부를 지원한다. 고용조정이 불가피한 상황에서도 감원하지 않고 재직자에 대하여 직업훈련(고용유지훈련 또는 유급휴가훈련)을 실시함으로써 고용을 유지하는 기업에게도 훈련비와 훈련기간 중 지급한 임금의 일부를 지급한다. 그리고 재직근로자의 이직이 불가피하여 이직예정자의 전직이나 재취업 또는 창업을 위해 직업훈련(직업전환훈련 또는 창업교육훈련)을 실시하는 기업에게도 훈련비 전액과 훈련기간 중 지급한 임금의 일부를 지급한다.

3) 훈련의 종류

■ 실직근로자와 신규실업자를 위한 훈련과정
○ 자격증 취득을 위한 기술 · 기능 훈련과정
○ 미래 첨단 · 고급인력수요에 대비한 전문분야과정
○ 사무 · 행정 등 관리 분야 및 기타 서비스분야 과정
○ 소규모자본의 창원지원을 위한 일반 · 전문교육과정
○ 귀농 희망자를 위한 영농직업훈련과정

■ 재직근로자와 이직예정자를 위한 훈련과정

정부의 지원으로 기업이 개설하는 재직근로자의 고용유지훈련, 유급휴가훈련 또는 이직예정자의 전직?재취업이나 창업교육훈련과정 등에 참여할 수 있다.

훈련의 종류

과정구분	훈련직종	훈련실시기관
기술 기능 양성과정	-정밀기계 가공 -산업설비 -전기제어 -산업전자 등	-한국산업인력공단 소속 직업전문학교 -기능대학 -인정직업훈련기관 등
첨단 고금 전문과정	-증권분석 -투자상담 -국제금융 -정보통신 -산업디자인 등	-한국노동교육원 -한국기술교육대학 -대학, 전문대학 -일부 사설학원 등
사무관리 서비스 분야	-재무, 인사, 판매 등 관리 -관광, 조리, 미용 등 서비스	-지정교육훈련기관(한국생산성본부, 한국표준협회) -대학, 전문대학 -일부 사설학원 등
창업과정	-유통 -제조 -SOHO -IP 등 창업일반/전문 실무	-한국산업인력공단 산하 중앙인력개발센터 -기능대학 -지정교육훈련기관 등
귀농희망자 영농훈련	-식량작물 -특용작물 -과수 -축산 등 전문 영농기술	-시군 농촌지도소 -농업지도자 교육원 등
고용유지 및	-직무능력향상	-기능대학

| 직업전환훈련 | –고용유지를 위한 과정 | –대학, 전문대학
기업 자체훈련시설 등 |

4) 훈련실시장소

■ **훈련실시기관의 유형**

○ 국가, 지방자치단체 등이 운영하는 직업전문학교와 기능대학 등 직업훈련기관

○ 노동부장관의 인가 · 지정을 받은 교육훈련시설

○ 사업 내 훈련시설(1,000인 이상 사업장)

○ 교육법에 의한 대학 · 전문대학

○ 기타 정부지정을 받은 사설학원과 영농교육훈련기관 등

제5장

이력서와 자기소개서

성공하는 사람과 실패하는 사람

성공하는 사람과 실패하는 사람 사이에는 그렇게 될 수밖에 없는 확실한 차이가 있다고 한다. 성공하는 사람과 실패하는 사람의 차이는 다음과 같다.

성공하는 사람은 '방법을 찾아보자, 어떻게든 해보아야지' 하는 식으로 말하는데, 실패하는 사람은 '아무도 그런 방법이 있다는 것을 몰라, 쓸데없는 일이야' 라고 한다.

성공하는 사람은 실패를 해도 자기 잘못을 인정하고 개선하려 하는데, 실패하는 사람은 '내 잘못이 아니야, 내가 뭘 어떻게 했길래' 라는 식의 핑계를 찾는다.

성공하는 사람은 어떤 문제든 끝까지 추구해 나가는데, 실패하는 사람은 어떤 문제든 끝까지 하지 못하고 포기한다.

성공하는 사람은 직접 행동으로 실행하는데, 실패하는 사람은 항상 기약만 한다.

성공하는 사람은 '나는 성실한 사람이지만 아직도 부족하다'고 생각하면서도 노력하는데, 실패하는 사람은 '나는 다른 사람보다 별로 나쁜 편이 아니야' 하면서 스스로를 위로한다.

성공하는 사람은 자기보다 우수한 사람을 보면, 그 사람에게서 무엇인가를 배우려고 하는데, 실패하는 사람은 자기보다 우수한 사람은 끌어내리고 비방하려 한다.

성공하는 사람은 '틀림없이 더 좋은 방법이 있을 거야' 하면서 개선하려고 노력하는데, 실패하는 사람은 '지금까지 해온 방법이 제일이야' 라는 식으로 개선하고 발전하려는 노력을 하지 않는다.

1. 이력서는 나의 얼굴이다.

필기시험을 폐지하고, 서류전형과 면접에 치중하는 기업이 날로 늘고 있다. 따라서 제1차 관문인 서류전형은 면접에 버금가는 중요성이 있다 할 수 있다. 즉 '이력서 + 자기소개서' 가 서류전형에 필수적인만큼 여기에 소홀해서는 안 된다. 이력서의 경우, 문방구에서 판매하는 인사서식 제1호가 있으므로, 이를 이용하는 것이 가장 좋다. 그러나 인터넷에서 이용하는 이력서는 매우 다양하므로 기업의 성격에 맞게 자기의 독특한 PR을 위해 파격적인 구성으로 준비할 수 있다. 이력서에는 자기의 PR을 위해 덧붙여 쓸 수 있는 공간이 많다. 필히 그 공간을 적절하게 이용하여 남들과 다른 이력서를 써야한다.

1) 이력서 빛나게 쓰는 법

가) 간단명료하되 구체적으로 기술하라

읽는 사람으로 하여금 짧은 시간 내에 작성자의 인적 사항에 대해 알 수 있도록 내용을 간추려 쓴다. 또한 출신학교나 학과, 자격증 뿐 아니라 수상경력, 대내외적인 활동 등 자신의 능력이나 장점을 돋보이게 할 수 있는 사항을 일목요연하게 기술하여 사람에게 호감을 주도록 하는 것이 중요하다.

나) 과장됨이 없이 솔직하게 작성하라

기업체에서는 솔직한 사람을 요구한다. 그러므로 이력서 작성 시 가장 주의해야 할 점은 허위나 과장됨이 없이 사실 그대로만 기술한다. 만일 면접이나 입사 후에라도 허위사실이 들어날 경우에는 난처한 상황이 발생할 수 있으므로 사실대로 솔직하게 작성하는 것이 좋다.

다) 검정색 펜으로 정성들여 깨끗이 작성하라

이력서를 차분하게 여유를 가지고 또박또박 작성하도록 한다. 오자나 탈자가 없도록 하고 틀린 글자가 있을 때는 수정액으로 지우고 고쳐 쓰기보다는 깨끗한 용지에 다시 쓰는 게 좋다. 깨끗하게 작성된 샘플은 버리지 말고 잘 보관해 두었다가, 다음에 필요할 때 보고 쓰면 시간을 절약할 수 있다.

라) 워드로 작성하라

이력서는 자기 자신을 스스로 소개하는 글이므로 자필로 작성하였다. 그러나 최근에는 워드프로세서로 작성하는 추세다.

마) 연대순으로 기록하라

학력사항이든 경력사항이든 연대순으로 기록하는 것이 일반적이다. 예를 들자면 중학교, 고등학교, 대학교 순으로 적는 것이 좋다.

학력은 보통 고등학교 졸업부터 적는 것이 일반적이다. 정확한 졸업 날짜를 적는 게 좋고, 남자의 경우 군 경력 외에 특별한 경력이 없을 때는 학력과 경력을 구분하지 않고 군 경력을 학력 속에 포함시켜 연대순으로 기술한다.

바) 응시기업과 연관된 실무능력 위주로 작성하라

자격증은 국가적으로 공인된 자격증을 발령청과 아울러 적고, 앞으로 받을 자격증의 경우에는 취득예정일도 명시한다. 이밖에 컴퓨터, 속기 등 사무관리 분야의 자격증이나 면허증 등 특기할 만한 내용을 기재한다.

사) 연락처를 명기하라

이력서 우측상단에 직접 연락이 가능한 전화번호와 지원 부서를 명시한다. 급하게 연락할 수 있도록 핸드폰이나 자택전화번호를 함께 기재하는 것이 좋다.

아) 표준어를 사용하라

약어, 속어를 쓰면 경박해 보일 수 있다. 이력서도 공문서이므로 약어, 속어, 유행하는 문구 또는 방언들을 사용하지 않았는지 점검하여 가능한 표준어만을 구사하도록 한다.

자) 이력서가 여러 장일 경우 페이지 번호를 남긴다.

페이지 번호를 남길 수 있다는 것은 기본적인 문서작성 능력이 있는 것으로 보일 수 있으므로 사소하지만 중요한 부분이라고 볼 수 있다. 작은 것을 배려하는 지원자들이라면, 좀 더 좋은 점수를 얻을 수 있다.

2) 이력서! 이런 내용이 꼭 들어가야 한다.

가) 인적사항

인적사항은 성명. 주민등록번호. 생년월일. 주소. 호적관계 등이다. 본적이나 현주소는 통, 반까지 정확히 기재해야 하며, 인적사항이 실제와 다르다하더라도 주민등록 등·초본에 기재된 내용과 동일하게 적어야 한다. 특히 호주와의 관계 란은 호주 쪽에서 본 관계를 말하는 것이므로 착오 없도록 주의한다.

호적 신고가 늦었다든지 해서 인적사항이 실제와 다르더라도 주민

등록등본이나 초본에 기재된 내용과 동일하게 작성한다.

나) 학력 및 경력사항

이력서 내용 중 가장 중요하고 핵심적인 부분이다. 학력은 대졸인 경우 고졸부터 적는 것이 무난하며, 입학날짜나 졸업날짜는 관계서류를 찾아 정확히 기재한다. 남자는 군복무 사항을 학력사이의 해당기간에 넣는 것도 유의해야 한다.

다) 특기 및 상벌사항

국가공인 자격증이나 면허증 취득사항 등을 기재한다. 특히, 응시기업의 업종에 부합하는 비공인 자격증을 취득하였을 경우에는 그 내용도 빠짐없이 정리하고, 이때 반드시 취득일과 발령기관을 명기해야 한다.

상벌사항은 교내·외 행사나 대회에서 수상한 사실을 기록하는데 특히 외국에 관련된 수상경력은 반드시 언급한다. 대회 수상 경력이라도 지원회사의 업종과 연관하여 뜻밖의 효과를 가져 올 수도 있으므로 융통성 있게 기재하는 재치가 필요하다. 그밖에 지망회사와 관계있는 부류의 연구 직업, 아르바이트, 동아리 활동 등을 기입하는 것도 자신을 돋보일 수 있는 방법이다. 어학실력이 요구되는 요즈음에는 외국어 구사 능력을 매우 중시하므로, 외국어와 관련된 인증서나 수상경력이 있으면 강조하여 언급하는 것도 돋보이는 이력서 쓰는 방법이다.

라) 군대 경력

젊은 나이에 군에서 시간을 낭비하고 왔다라고 생각하는 사람들도 있는 반면, 군이 현재 지원하는 회사의 업무 또는 본인에게 도움을 줄 수도 있으므로 본인의 군 경력을 가볍게 여기지 말고 해당 업무와 유사했던 부분들이 있다면 좀 더 꼼꼼하게 군 생활에 대한 내용을 기술하는 것이 좋다.

마) 호주와의 관계

특히 유의할 부분이다. 호주와의 관계는 호주 쪽에서 본 자신의 관계를 말하는 것이므로, 자기 쪽에서 본 관계를 쓰지 않도록 주의해야 한다. 예를 들면 '부', 나 '모'가 아닌 '장남' 또는 '삼녀' 등으로 기재해야 한다.

바) 사회봉사활동 강조

각종 사회봉사 활동경험과 동아리 활동들을 싱세히 언급하는 것이 유리하다. 특히 사회봉사활동 실적을 취업에 도움이 되게 하기 위해서는 봉사활동 확인서를 해당 봉사기관에서 발급받아 두어야 한다.

사) 마무리 점검

오자, 탈자가 없는지, 접히거나 더럽혀지지 않았는지 다시 한 번 확인한 후 '위와 상위 없음' 또는 '위와 같이 틀림없음' 이라 쓰고 한줄 아래에 날짜를 년 · 월 · 일로 기재한다. 그리고 맨 위의 성명 란과 아래의 서명 뒤에 똑바로 선명하게 도장을 찍거나 싸인하는 것으로 이력서 작성을 마무리한다. 이력서는 가급적 직접 제출하거나 큰 봉투에 넣어 등기로 우송하는 것이 좋다.

3) 쓸수록 손해 보는 이력서

가) 맞춤법과 띄어쓰기가 엉망인 이력서

맞춤법과 띄어쓰기는 가장 기본적인 사항으로 아무리 좋은 학벌과 화려한 경력으로 무장된 이력서라 하더라도 오자, 탈자가 있다면 탈락 0순위이다. 따라서 이력서를 작성한 후 반드시 몇 차례 확인하여 오자와 탈자 및 띄어쓰기를 점검하여 수정해야 한다.

나) 혼란스럽게 치장된 이력서

이력서에는 핵심적인 내용들이 있어야 함에도 불구하고 여러 가지 색깔을 사용하여 작성한 이력서는 인사담당자들을 혼란하게 할 수 있다. 인사담당자들 중에는 빈약한 내용을 만회해 볼 생각으로 갖은 그림과 현란한 색깔을 사용한다고 생각할 수 있으므로 절대 신뢰감을 줄 수 없다.

다) 중요한 내용이 빠진 이력서

이력서에는 핵심적인 내용들로 구성되어 있기 때문에 내용이 하나
도 빠짐이 없어야 한다. 따라서 중요한 경력사항이나 학력사항이 빠진
이력서는 더 이상 인사담당자들의 관심을 끌 수 없다.

라) 응시부문이 빠진 이력서

도대체 어느 부문에 지원하는 지 알 수 없는 이력서도 지원자가 뭘
원하는지를 알 수 없기 때문에 인사담당자들의 관심을 끌 수 없다.

마) 연락처가 빠진 이력서

연락처를 기재하지 않아서 연락할 방법이 없는 이력서라면 아무리
좋은 경력과 이력을 가져도 연락할 방도가 없기 때문에 일고의 여지가
없다. 따라서 연락처를 반드시 확인한 후 이력서를 보내야 한다.

연락처 : 010-6232-9800(H.P)

(031)968-0200(H)

사 진	성 명	이 력 서	주 민 등 록 번 호
	성 명	홍 길 동 (洪吉童)	760312-2222222
	생년월일	1978년 03월 12일 생 (만**세)	

주 소	충청남도 청양군 청남면 동강리 350			
호적관계	호주와의 관계	장남	호주 성명	홍제동

년 월 일			학 력 및 경 력 사 항	발 령 청
1998	2	16	성동기계공업고등학교 졸업	
1998	3	3	공주대학교 일반사회교육과 입학	
2002	2	14	공주대학교 일반사회교육과 졸업	
			자 격 증 취 득 사 항	
2002	2	14	정보기기운용기능사 2급	한국 산업 인력 관리 공단
2002	2	14	자동차 운전면허증 2종 보통 경기 99-801667-20	경기지방경찰청장
2002	2	14	워드프로세서 1급, 2급, 3급	대한 상공회의소
2002	2	14	컴퓨터 활용능력평가 2급,	대한 상공회의소
2002	2	14	PCT A급	대한 상공회의소

상기내용은 사실과 틀림없음

2004년 06월 02일
홍 길 동 (인)

4) 영문이력서도 어렵지 않다.

외국기업의 직원모집에서는 국문과 영문 이력서 모두 제출하는 경우가 많으며, 국내기업 중에서도 모집하는 직종에 따라서는 영문 이력서를 제출해야 하는 곳이 있다.

영문 이력서 제출을 요구하는 이유로는 첫째, 기술한 내용과 스타일에서 응시자의 영어로 자기표현 능력을 알아내고자 하는 목적이 있고, 또 다른 한 가지 목적은 자기들이 요구하는 능력에 부합되는 경험과 자격을 갖추고 있는가의 여부를 확인하려는 데에 있다.

● 국문 이력서와 영문이력서의 차이

영문 이력서를 미국에서는 Resume라고 하고, 영국에서는 curriculum vitae, 줄여서 C. V.라고 한다. 그밖에 personal history라고 하기도 한다. 제목을 붙일 때 희망하는 회사가 미국계인가 영국계인가에 따라 구별하여 사용하면 된다.

영문 이력서는 규격화된 서식이 없다. 물론 일정한 모델은 있지만, 결국은 그것을 참고로 자신에게 적합한 스타일을 만들어 스스로 완성시키면 된다. 국내 이력서와 마찬가지로 영문이력서에서도 그 기업이 요구하고 있는 직종이나 직책에 어울리는 인재로서 자신의 경험과 자격이 얼마나 적절한가를 효과적으로 어필하는 것이 중요하다. 외국계 기업에서는 합리성이 중시되기 때문인지 굳이 면접을 하지 않고 이력서만으로 채용하는 경우도 많기 때문에 이력서를 통해 적극적으로 자기를 PR해야 한다.

● **영문 이력서의 구성요소**

영문 이력서는 국문의 경우처럼 규격화된 일정한 양식은 없지만, 그렇다고 해서 내키는 대로 제멋대로 써서는 안 된다. 여기에도 사회적 통념으로서 기준이 되고 있는 스타일과 당연히 기술해야 하는 내용들이 있다.

① Personal Data(Identifying Information)

이름, 성별, 생년월일, 주소, 전화번호 등 개 신상에 관한 정보를 기록한다. 결혼여부는 원칙적으로 밝히지 않아도 무방하나 밝혀두는 것이 편리하다.

NAME : HONG . GIL DONG- 이름은 GIL DONG. HONG로 써도 무방

DATE OF BIRTH : April, 07 1973- 생년월일은 미국식으로 월, 일, 연도순으로 기재하는 것이 무방

ADDRESS : 502-14 Seocho-Dong, Seocho-Ku, Seoul 137-070- 주소는 번지, 통. 반, 구(면), 시(도) 순으로 쓰고 마지막에 우편번호를 적는다.

TEL : 000-0000

② Job Objective(Career Objective, Professional Objective)

지원하고자하는 업무를 쓰거나 자신이 추구하고자하는 직업을 쓴다. 지금 현재 지원하고자 하는 직무와 연관성이 있어야 한다. Goal이라고도 한다. 지원자가 찾는 부서 또는 position의 이름을 확인할 수 없을 경우에는 자신의 적성과 전공 지식을 활용할 수 있는 분야에서의 근무를 원한다고 기술하면 된다.

③ Qualifications(Capabilities)

희망직무에 대응하는 능력과 자질을 기재한다.

④ Work Experience(Employment)

이 정보는 학력부문과 함께 채용 결정에 있어 가장 중요한 자료로 사용된다. 원칙적으로 최근의 것으로부터 과거로 거슬러 올라가면서 일목요연하게 정리하여 적는다. 특히 경력자인 경우는 우리말 이력서와는 반대로 경력을 학력보다 먼저 적는다. 경력자의 경우에는 최근의 경력부터 역순으로 쓰되 그 기업이 필요로 하는 경력을 최대한 부각시키는 것이 중요하다. 학생일 경우는 과외 활동 및 아르바이트활동 및 취득 자격증, 상벌 등을 중심으로 작성한다.

⑤ Education(Educational History, Educational Background)

최종의 것을 시작으로 순차적 연도별로 학력사항 등을 기록한다. 졸업연도와 학교, 학위명을 기재하며, 부전공과 졸업 평점이 채용의 큰 변수로 작용한다면 명기하도록 한다. 가능한 자세히 본인이 어떠한 학문의 분야를 수학하였음을 밝히는 것은 기본이며 중요한 의사결정의 자료가 된다.

전문대나 대학졸업자이면 초등학교, 중학교 등은 적을 필요가 없다. 대학원 졸업인 경우에는 대학 학력부터 적는다. 부전공사항은 졸업 또는 졸업예정 란 뒤에 괄호를 사용하여 'Minor is Business Administration' 이라고 쓰면 된다.

⑥ Activities(Curriculla Activities or Extra-Curriculla Activities)

학교에서의 동아리활동과 자원봉사 등 사회활동을 요약해서 쓴다. 요즘에는 자원봉사활동을 적극적으로 평가하는 기업이 많아지고 있다. 기업에서는 이 란을 통해 지원자의 조직력, 협동심, 지도력 등을 파악할 수 있다.

⑦ Special Achievement

특히 희망하는 업무에 도움이 되는 기술이나 특기를 쓴다. 국문이력서와 마찬가지로 국가적으로 공인된 자격증이나 면허증 발급사항을 기재한다. 참고로 영어 교사 자격증을 취득한(또는 예정인) 사람의 경우라면 'Will be Awarded Teaching Certificate of English teacher given by the Ministry of Education in 1997(in 1998)' 라고 쓰면 된다.

⑧ Military Service

병역 란은 채용결정에 있어 중요 요소이다. 보통 병역필 혹은 면제자를 원하는 경우가 많으므로 반드시 밝혀둔다. 간단하게 병역필자는 "Fullfilled" 면제자는 "Exampted"라고 써도 무방하나 자세한 내용이 도움이 된다고 생각할 경우에는 자세히 내역을 밝힌다.

⑨ Honors and Awards(Additional Remarks)

상벌관계도 역시 교내외적인 행사에서의 수상경력이나 각종 표창 경력을 기록한다.

상벌사항이 없으면 'None' 이라고 적으면 된다.

⑩ References

외국인 기업에서는 추천 시 추천인을 명시하도록 하고 있다. 추전인은 신원 보증인이 될 수 있는 교수, 친척, 선배 등을 기재하는데 성명, 직위, 직장, 전화번호 등을 적는다. 보통 2명의 추천인을 기재하는 것이 좋고, 기재하기 전에 추천인의 허락을 얻어야 한다. 이력서에는 우선 Available on request 또는 Furnished promptly upon request(요구 시 즉시 제출하겠음)라고 적어두면 된다.

⑪ 기타사항

이력서 끝에는 흔히 이력서에 말미에 표기한 이력서 내용이 모두 사실이라는 점을 확인시키는 "I do hereby declare that the above-statement to be true and correct in every detail"을 첨가한 후 자필서명을 하는 경우가 흔히 있으나 이러한 문구, 신청인의 서명, 날인 따위는 쓸 필요는 없다. 추천서 및 기타 증빙 서류는 기업이 요청할 때 제공하면 되므로 "References available upon request"라고 해두면 된다.

이력서 양식

RESUME

PROFESSIONAL OBJECTIVE

       Name in full : Kil-dong Hong

       Date of Birth : May 15, 1970

       Sex : Male

       Age : 28

       Family Relation : The first son of Chong-hwa Hong

       Permanent Address : 9-3, Woosin Bldg. 4F, Galwol-Dong, Yongsan-Gu, Seoul

Present Address : 9-3, Woosin Bldg. 4F, Galwol-Dong, Yongsan-Gu, Seoul

Telephone : 712-5000

EDUCATION

February, 1989 : Graduated from ○○High School, Seoul

March, 1989 : Entered the Business Administration of Cho-sun University, Seoul

February, 1995 : Will be graduated from the above

MILITARY SERVICE

Enlisted in the army as aprivate in May,1991. Discharged from service and placed on thereserve list in July, 1993.

WORK EXPERIENCE

Computer Lab Assistant, Snyder Computer Lab Academic Years 1998-1999 Assisted students with various computer-related problems

SPECIAL ACHIEVEMENTS

Earned the 1st grade English typist given by the Chamber of Commerce and   Industryin 1993.

Earned the 2st grade English shorthand given by the Chamber of Commerce   and Industry in 1994.

ACTIVITIES

Leader of the University Time Study Club Association(UTSA) in 1994

AWARD and PUNISHMENTS

Awarded a grand prize in the Nationwide College Student English Speech   Contest sponsored by Ministry of Education in 1994.

I hereby certify that all the above statements are true and correct to the best my knowledge.

REFERENCES

Available upon request

2. 자기소개서가 나를 돋보이게 한다.

　자기소개서는 취업을 희망하는 기관에 서면으로 자신을 알리는 서류이다. 따라서 자신의 성장과정이나 특성, 취향 등을 솔직하게 기관에 알리는 자신의 첫인상과 같은 서류이다. 기업에서는 면접과 함께 지원자를 평가하는 데 자기소개서를 중요하게 반영하고 있다. 따라서 자기소개서 작성에 신중을 기해야 하지만 큰 부담은 갖지 않는 범위 안에서 성실하게 작성하면 된다. 자기소개서는 회사에서 특별한 양식을 제공하는 경우에는 회사의 양식을 사용하고 특별히 양식이 제공되지 않는 경우에는 보통A4 용지 1~2장내로 제한하는 것이 좋으며 작성 방법은 다음과 같다.

1) 돋보이는 자기소개서 쓰는 방법

가) 내용은 진솔하게 작성한다.

자기소개서를 작성할 때 가장 중요한 것은 솔직하게 작성하는 것이다. 자기소개서는 지원자 본인이 선정한 기업에 자신을 알리는 것이므로 없는 사실을 꾸며 쓰거나, 자기를 과대 포장하는 것은 좋지 않다. 특히 이 내용을 바탕으로 자신에 대한 평가가 시작되므로 솔직하고 진실하게 써야만 좋은 평가를 받을 수 있다.

나) 실제 경험한 내용을 구체적으로 표현한다.

많은 사람들이 자기소개서를 쓸 때 막연하고 추상적인 내용으로 일관하는 것을 볼 수 있다. 또한 적을 내용이 없어 당황하는 경우도 많다. 그러므로 우선 자기소개서에 적을 수 있는 내용들을 많이 만들어야 한다. 해당 기업을 선정한 이유나, 기업이나 업무에 대한 자신의 소신, 취직하고자 하는 부분에 대한 관련 실적, 지원한 부분에 대한 활동 경험담, 봉사 활동 경험담 등이 그 예이다. 그러나 자기소개서에 쓰기 위해서 형식적으로 한 활동은 실제 글을 쓸 때 그 느낌이 충분히 살아나지 않을 우려가 있다. 그러므로 사소한 일상 속에서 자기만이 경험할 수 있는 일들을 발견하고, 그 의미를 충분히 살리려는 노력을 해야 한다. 천편일률적인 활동들보다는 작지만 자기에게 소중한 경험이 오히려 좋은 평가를 받을 수 있다.

다) 문법에 맞는 글을 쓴다.

자기소개서를 쓸 때 가장 기본은 내용을 문법에 맞게 써나가야 한다. 아무리 많은 실적이나 좋은 내용도 문법에 어긋나면 기업에서 지원자에 대한 평가를 나쁘게 할 수도 있다. 따라서 자기소개서는 자신을 문서로 나타내는 얼굴이므로 문법에 맞는 정확한 문장을 써야 한다. 주어와 서술어의 호응 관계, 접속어의 바른 사용 등에 유의하여 내용이 명확하게 전달될 수 있는 글을 써야 한다. 되도록 문장을 간결하게 쓰는 것이 내용 전달을 용이하게 할 것이다.

라) 입사 후 자기가 하고 싶은 계획을 쓴다.

자기소개서에 누구나 당연히 해야 할 일이나 누구나 일반적으로 할 수 있는 일을 기록하는 것은 의미가 없다. 단순히 "근무를 열심히 할 것이다"라든지, "기업에 도움이 되겠다"라든지 하는 내용은 "합격에 별 도움이 안 되는 것이다"라든지를 쓸 때 자신이 지원하고자 하는 의사를 정확히 기재하려면 기업의 성격이나 특징에 대해 사전에 구체적으로 알아볼 필요가 있다. 그리고 그 내용을 바탕으로 해서 자신이 일하고자 하는 영역을 명확하게 설정하고 단계별로 어떤 노력들을 해나갈 것인지를 구체적으로 설명해야 한다. 이를 통해 기업의 담당자들은 좀 더 구체적으로 지원자에 대한 지도나 평가를 할 수 있다.

마) 한자를 적절히 사용하자

우리 사회에서는 공·사문서에 한자를 섞어 쓰는 것이 아직까지는 일반적이며 일부기업에서는 한자를 중시하기도 한다. 따라서 한자를 넣어야 하는 회사라면 적절하게 한자를 사용할 필요가 있다. 한자를 사용할 때에는 오자가 없도록 조심해야 하며, 자신이 없을 때에는 사전을 통해 확인해 보고 사용해야 한다. 한자를 적절하게 쓰면 문장을 격조 있게 만들지만 잘못 사용했을 때에는 오히려 역효과가 난다는 점을 유의해야 한다.

2) 자기소개서에 꼭 포함되어할 내용

가) 성장과정

자기소개서의 도입부는 특별한 형식이 없는 한 어렸을 때의 이야기로 시작한다. 성장과정은 어렸을 때 가정 분위기, 부모님의 교육관, 가정환경, 가훈 등과 같은 내용을 적는 것이다.

이때의 이야기는 장황하게 늘어놓아서 많은 분량을 차지하지 않도록 주의한다. 간략하게 요약하면서도 핵심을 잘 제시해야 하는데, 객관적 사실보다는 자기 인생을 지배하게 된 가정환경, 부모님들의 교육철학, 가훈, 인생관 등이 나타나는 것이 좋다.

성장과정에 대한 서술에서 강한 인상을 주는 방법으로는 자기 인생 전체에 영향을 준 사건을 일화 형식으로 제시하거나 아주 감명 깊게 읽은 책, 주변이나 위인들 중에서 자기 인생에 절대적으로 영향을 미친 인물에 대해 현재와 미래를 관련지어 이야기하면 좋다.

나) 성격소개

성격소개에서는 자신의 성격을 평가자들이 객관적으로 평가할 수 있는 자료를 제공한다. 따라서 자신의 성격에 대하여 솔직하게 쓰는 것이 중요하지만 그렇다고 해서 자신의 단점이나 부족한 점을 적나라하게 부각시킬 필요는 없다. 장점은 최대한 살리고, 단점에 대해서는 솔직하게 인정하면서 개선과 노력의 의지를 보여줄 수 있으면 좋겠다. 또한 단점이 업무적인 면에서는 오히려 장점이 될 수 있도록 부각시킨다. 예를 들면 성격이 급한 것이 단점이라면, 업무 처리는 빨라서 오히려 장점이 될 수도 있다. 해당 기업의 색깔과 비슷한 자신의 성격이 있다면 적극적으로 부각시키는 것도 중요하다. 특히 자신의 장점을 부각시키는 것이 조금은 어색하게 느껴진다 하더라도 당당하고 자신감 있는 모습을 보여줄 수 있는 내용으로 작성해야 할 것이다.

다) 학창시절 및 경력사항

학창시절 및 경력사항에서는 초·중·고등학교 때의 특별한 기억들인 특별활동, 수상실적, 주요 관심 영역에 대하여 기술한다. 고등학교 시절에 대해서는 비교적 소상하게 제시해야한다. 특별 활동반과 거기에서 배우고 느낀 점, 동아리 활동을 했다면 거기에서 배운 것과 느끼 점, 봉사 활동을 하면서 느낀 점, 좋아하는 과목과 그 이유, 교내외의 각종 수상실적들을 나열하면서 자기의 장점을 부각시킨다.

컴퓨터 실력을 보여주기 위하여 개인 홈페이지가 있다면 주소를 써서 확인시키고, 각종 사이버 공간에서의 활동도 소상하게 적는 한편, 외국어 능력을 증명할 수 있는 토익, 토플, 일본어 검정 시험 등의 성적도 제시한다. 자격증이 있다면 자격증 소개는 물론 어떤 이유에서 자격증을 땄는지, 그 과정에서의 느낌을 서술해도 좋다. 학생회 임원으로 활동했다면 활동 내용을 자세히 서술하고 그 과정에서 느끼고 배운 점을 서술한다. 그 외 기타 남과 달리 독특한 경험과 기억이 있다면 주저 없이 일화 형식으로 소개한다. 이때 막연한 장점 나열이나 자기 칭찬에 골몰하기보다는 진실 된 느낌이 들도록 서술하고 객관적 자료를 바탕으로 느낀 점과 배운 점을 중심으로 서술한다.

그러나 모든 것을 빠짐없이 보여주려고 하기보다는, 지원 분야나 부서에 왜 적합한지를 일목요연하게 기록해야 한다. 이때에 뛰어난 점을 일일이 다 서술할 필요는 없으나 전국적인 규모의 큰 시상이나 남들과 비교해서 아주 뛰어난 재능이나 경험은 서술해도 좋다.

대부분의 신입 사원들은 경력이 없기 때문에 수상내역이나 아르바이트, 과외활동 등을 무작위로 나열하기 쉽다. 하지만 인사 담당자는 그런 사항을 일일이 눈여겨 볼만큼 많은 시간을 가지고 있지 않다. 버리기엔 아까운 경력이라고 생각한다면 지원 분야와 관계되는 사항을 먼저 기술하고 나머지는 뒤에서 간단히 언급한다.

라) 직업관

직업관은 자신의 적성과 비전이 지원 분야와 얼마나 적합한지를 제시하는 것이 좋다. 취업하고자 하는 기업의 업종, 경영이념, 회사문화, 성격 등을 알아서 그 기업의 특성에 맞게 지원 동기를 기술한다면 좋을 것이다. 포부는 단순히 필요한 인물이 되겠다는 말보다는 업무에 대한 목표 성취나 자기 계발을 위해 어떤 계획을 가지고 있는지 구체적으로 언급하는 것이 좋다.

흔히 동기가 확실치 않으면 성취의욕도 적어 결국 좋은 결과를 기대할 수 없다고 한다. 때문에 뚜렷한 지원동기를 밝혀, 입사 후에도 매사에 의욕적으로 일에 임하게 될 것이라는 인상을 심어줄 필요가 있다.

마) 장래 희망

자신의 장래희망을 막연하게 '열심히' 또는 '꾸준히' 등의 표현보다는 가급적이면 지원한 회사에 입사를 했다는 가정 하에서 기술하면 보다 더 회사와의 유대감이 형성될 것이다. 이럴 경우 장래희망은 대학의 전공과 입사 지원동기 등과 함께 일관성을 유지하여야 하며, 입사후의 목표와 자기 개발을 위해 어떠한 계획이나 각오로 일에 임할 것인지를 구체적으로 적는 것이 좋다. 자기소개서의 끝은 자기의 인생관, 철학이 나타나도록 자기의 좌우명 같은 것을 소개하는 것도 좋은 인상을 남긴다. 또한 자기의 독특한 성격이나 습관, 장래 희망을 서술한다. 삶에 대한 자기의 의지를 보일 수 있는 문구로 마치면 무난하다.

자기소개서

성장 과정	1남 1녀 중 막내로 태어나 가족과 드라마 보기를 좋아하시는 아버지, 언제나 친구 같은 어머니를 모시며 자랐습니다. 교직에 계시는 아버지는 늘 밝은 모습으로 저를 대해 주셨고 정도를 가르치셨습니다. 방학이면 가족동반 여행을 준비하셨으며 작은 가족 속에서도 풍부함을 항상 느끼도록 어머니께서 힘써주셨습니다.
성격 및 교우 관계	매사에 긍정적이고 밝은 성격입니다. 때로는 지나친 적극성 때문에 서툰 행동을 해 불이익을 당하기도 하지만 남들이 망설이는 일을 먼저 해내 성취의 기쁨을 경험하곤 합니다. 초등학교 시절 시작한 걸스카우트 활동을 통해 어려운 이웃을 돌아 볼 수 있는 아량을 갖추게 되었고 겸손함이 가장 큰 힘이 되는 교훈도 얻었습니다.
학창시절 및 경력사항	모든 스포츠를 좋아하며 직접 땀 흘리며 참여하는 것을 더욱 즐깁니다. 특히 수영을 좋아해 주말이면 가까운 수영장에서 한 주의 피곤을 풀곤 합니다. 테마여행은 여행을 준비하면서부터 다녀온 후 감상문을 남길 때까지 또 다른 제 모습으로 남습니다. 미래를 선택하는데 있어 중요한 판단기준이 된 점도 단순한 취미 이전에 생활의 큰 부분이기 때문입니다. 활동적인 취미생활은 주변의 부러움과 시기를 동시에 얻었습니다.
직업관 및 입사동기	졸업과 함께 학교라는 울타리를 벗어나 사회의 일원으로 참여할 때입니다. 삼일제약은 인간 존중의 정신이 우선되는 사풍과, 특히 문화 사업으로 기업이윤을 사회에 환원시키는 양심적인 기업으로서의 자세에 크게 공감하여 저는 귀사를 선택하였습니다.

장래희망	입사가 허락된다면 자기위치에서 맡은바 책임을 다하는 건실한 직장인으로서 그리고 인생관이 확고한 사회인으로 꼭 필요한 사람이 되기 위해 끊임없이 노력하겠습니다. 그리고 회사에서 일어나는 모든 일들을 내 일처럼 생각하고 회사와 희노애락을 같이 할 것입니다. 또한 성실하고 창의적인 자세로 회사의 발전을 위해서 열심히 일할 것입니다.

3) 영문 자기소개서(커버 레터)가 뭐지?

커버 레터란 Resume와 함께 보내는 자기소개서로서, 일종의 자기 PR문이라고 할 수 있다. 커버 레터는 우리나라의 자기소개서와 같이 일정한 틀이 없어 작성하는데 애로사항이 많다. 그러나 커버 레터는 일종의 business letter이므로 경우에 따라서는 오히려 Resume보다는 보다 더 강력하게 자신을 어필할 수 있다.

실제로 외국계 기업에 있이서 채용담당자기 지원 서류를 받으면서 가장 먼저 읽는 것이 커버 레터이므로 Resume를 읽을 것인가의 여부도 이 커버 레터에 달려 있다고 해도 과언이 아니다. 만일 커버 레터 없이 Resume만 보낸다면 그것만으로도 불합격의 요인이 될 수 있다는 접을 명심하도록 하자. 커버 레터에서 지원자는 지원자 자신이 지원기업에 대해 얼마나 필요한 인재인지를 문장을 통해 보여주어야 한다. 따라서 커버 레터를 통해 구인 측에서는 지원자의 영어표현능력과 영어실력까지 평가한다고 볼 수 있다.

Resume는 채용하는 측에 따라 다르게 작성하는 것이 좋긴 하지만 시간 관계상 같은 Resume를 사용할 수도 있다. 그러나 커버 레터는 특정한 기업체와 지원자의 희망 업무 직종에 따라 그때그때 작성해야 한다.

커버 레터는 비즈니스 문서의 서식에 따라 작성하며, 한 장 이내로 간결하게 정리하는 것이 기본이다. 커버 레터는 Sales Letter의 일종이다. 자신을 효과적으로 홍보하고, 구인 측으로부터 관심을 끌어 면접의 기회를 얻기 위한 편지이다.

커버 레터는 단순히 Resume에 기재하지 못한 사항을 첨가해서 쓰는 경우가 있고, 간단히 구직 희망 정도와 희망 직종에 대해 자격을 요약해 서술하는 경우도 있다.

커버 레터를 쓰는 순서는 먼저 주소와 날짜, 다음으로 수신인과 서두, 그리고 본문이 이어지고 결구로 마무리해서 마지막에 이름과 서명을 하는 순서로 쓰여 진다.

커버 레터의 양식은 주로 본문은 4개 단락 이내로 매듭을 짓고 서두, 본론, 마무리의 3부분으로 나누어 내용을 전개시키는 것이 가장 전형적인 스타일이다.

4) 인사담당자들은 자기소개서를 이렇게 평가를 한다.

인사담당자에게 접수된 서류는 채용을 결정하는 데 있어 가장 기초적인 자료로 사용된다. 인사담당자는 자기소개서를 차근차근 읽다가 중요하거나 관심이 쏠리는 사실에 대해서는 밑줄을 긋기도 하는데, 이는 면접전형에서 사용될 질문의 기초사항이 되기도 한다. 자기소개서를 제출하기 전 미리 원본을 복사해두면 면접 때 유용할 것이다. 한 편의 자기소개서는 인사담당자를 통하여 지원자의 기본적인 자질은 물론, 심리상태까지 꼼꼼하게 평가된다. 기업의 인사담당자가 자기소개서를 보고 무엇을 근거로 무엇을 평가하는지 알아보자.

자기소개서 평가 양식

평가 항목	매우 그렇다	그렇다	그렇지 않다	매우 그렇지 않다
1) 열정적인 성격의 소유자인가?				
2) 전공은 무엇이었으며 실력이 있는가?				
3) 전공 외에 관심을 두고 있는 것이 있는가?				
4) 업무에 쉽게 적응할 수 있는가?				
5) 비전을 가지고 있는가?				
6) 조직과 융화될 수 있는 사람인가?				
7) 사물을 긍정적으로 바라보는가?				
8) 소신과 주관이 있는가?				

3. 포트폴리오는 내 능력의 증거다.

일부회사에서는 구직자들에게 이력서 및 자기소개서 및 포트폴리오를 원할 때가 있다. 사전적 의미로 포트폴리오는 그림을 들고 다니는 작은 가방이다. 디자인 미술 용어로 포트폴리오는 작가의 작품을 모아 놓은 작품집이라고 말할 수 있다. 좀 더 자세하게 설명하면 포트폴리오는 수많은 작품 이미지들을 한데 모아 일목요연하게 편집하고 체계화하여 일관된 흐름으로 자신의 작품을 보여주는 것이다. 따라서 포트폴리오는 디자이너의 명함이자 작가로서의 개성을 모은 집약체이며, 자신의 시각적, 개념적 능력 및 체계화 능력을 단적으로 보여주는 자기표현 방법이다.

포트폴리오를 통해서 얻고자 하는 효과는 보는 이에게 그 사람의 재능을 집약해 보여 줌으로써 강한 인상을 심어주는 데 있으며, 이를 구성하는 데 있어서 가장 중요한 것은 이미지들을 어떤 순서로 배열, 전개할 것인 가이며, 포트폴리오 작업을 얼마나 성공적으로 계획하느냐에 따라서 작품들이 돋보일 수도 있고 그 반대일 수도 있다.

포트폴리오는 자신이 만든 작품들을 인쇄한 것이나, 프린트 출력물, 작품 사진, 작품이나 자신과 관련된 유인물 등을 파일링한 것을 바인더 북 형태로 만드는 것이 보편적이다. 최근엔 자신의 작품을 CD로 영상 편집하여 인쇄파일과 같이 첨부하거나, 아예 개인 프로필까지 작성하여 작은 소책자(brochure)로 편집하여 제출하는 경우도 늘고 있는 추세이다.

포트폴리오는 너무 무겁지 않고 인상이 많이 남도록 만들어야 한다. 따라서 보기에 가장 좋은 포트폴리오의 크기는 11x14인치 정도로 하며, 바인더 북 속의 아세테이트나 비닐 주머니에 끼워 넣기만 하면 된다. 사진 작품은 가로로 긴 것이든 세로로 긴 것이든 상관없이 항상 사진의 방향을 통일하여 끼워야 한다. 포트폴리오란 책장을 넘기듯 작품을 한눈에 볼 수 있도록 만들어 가로로 볼 수 있도록 끼워 놓는 것이 좋다.

포트폴리오에 포함될 작품들은 반드시 자신이 만든 작품 중에서 꼭 선보이고 싶은 수준의 작품들로 구성해야 한다. 또한 작품들은 심사원들에게 시각적으로 강한 임팩트를 줄 수 있는 우수한 작품들을 수록하여 포트폴리오 전체가 탁월하고 흥미진진한 작품들로 가득하다는 인상을 주어야 한다. 이를 통하여 심사위원들은 자신에 대하여 흥미를 갖게 하고 궁극에서는 같이 일하고 싶은 사람으로 만들어야 한다. 그러기 위해서는 포트폴리오 편집 시 다음과 같은 것을 고려해서 하면 좋다.

가) 이미지들은 일관성 있다는 느낌이 들도록 서로 비슷한 주제로 이루어진 것들로 구성한다.

나) 처음 부분은 강한 흥미를 불러일으키는 작품으로 하고 중간은 부드럽고 자연스럽게 연결시킬 수 있는 작품으로, 마지막에서는 강력한 여운을 남길 수 있는 작품으로 한다.

다) 작품의 수량은 작품의 수준에 따라 결정할 문제이지만 대략 포트폴리오 한 권당 슬라이드 필름 20점 정도면 충분하고, 인화지를 넣은 포트폴리오는 20~50점까지가 가장 무난한 분량이라고 할 수 있다.

○ 포트폴리오 종류

가) 퍼스널 포트폴리오(personal portfolio)

퍼스널 포트폴리오는 개인적인 포트폴리오를 의미하며 누구에게 보여주기 위한 것이 아니라 자신이 평소에 관심 있는 스케치, 메모, 아이디어 등을 모아두거나 잡지나 브로슈어 등에서 골라낸 그림이나 사진을 모아두는 자료집 형태를 갖춘 것으로, 스크랩과 같은 것이다.

따라서 퍼스널 포트폴리오는 자신만을 위해서 유용한 자료들을 효과적으로 모아 자신의 작품 활동에 큰 도움이 될 뿐만 아니라, 이렇게 모은 자료를 체계화시켜 만들어 두면 누구도 갖지 못한 자신만의 고유의 참고 문헌이 된다.

나) 프로페셔널 포트폴리오(professional portfolio)

프로페셔널 포트폴리오는 디자이너와 클라이언트에게는 원하는 작품을 선택할 수 있는 기회를 제공하는 것이고, 학생과 학교에게는 진학을 위해서나 공모전 출품을 위해서 만드는 것이다. 그리고 응시자와 면담 자에게는 취업 또는 프리랜서로서 일거리를 구하는 등의 특정한 목적에 부합되도록 만들어진 것을 말한다. 프로페셔널 포트폴리오는 개성 있는 작업을 보여 줌으로써 자신의 고용주나 클라이언트가 원하는 일을 해낼 능력이 있음을 확인시켜주는 것이기 때문에 자신의 능력이나 경력을 정확히 제시해야 함으로 작성하기가 매우 까다롭다.

다) 다큐멘터리 포트폴리오(documentary portfolio)

다큐멘터리 포트폴리오는 완성된 작업이나 작품을 모아둔 것과는 반대로 개별적인 프로젝트와 관련된 제반 사항이나 작품제작의 프로세스를 종합적으로 담은 것으로, 프로페셔널 포트폴리오로는 충분히 설명할 수 없을 정도로 복합적이고 방대한 디자인 프로젝트 등을 작성할 때 사용된다. 즉, 프로젝트와 관련된 종합적인 보고서를 작성할 때 사진, 일정표, 기획안, 참고서류, 예산안, 작업의 결과 및 평가 등 프로젝트 전반에 관한 자료를 모두 모아 묶은 것이다. 다큐멘터리 포트폴리오를 훌륭하게 작성하려면 먼저 개인적인 스케치, 메모, 아이디어 등을 모아두거나 잡지나 브로슈어 등에서 골라낸 그림이나 사진을 모아둔 퍼스널 포트폴리오를 완벽하게 만들어 놓아야 한다. 즉, 하나의 프로젝트에 관한 사진이나 기록을 평소 주의 깊게 보관해 두었다가 그 프로젝트가 완결되려면 모든 사진과 기록을 정리하여 일의 시작과 끝을 분명히 볼 수 있도록 정리해 두도록 한다.

○ 포트폴리오 제작 시 유의사항

포트폴리오를 작성할 때 고려해야 할 점은 다음과 같다

가) 자신이 가장 자신 있는 작품은 무엇인지, 포트폴리오를 통해 보여주고자 하는 것이 무엇인지 심사숙고해서 만든다.

나) 자신이 포트폴리오를 보는 입장이 되어 자신이 선정한 작품과 그에 대한 설명이 흥미를 유발하고 쉽게 전달되도록 포맷을 결정하도록 한다.

다) 다른 사람과 충분히 차별화 되면서도 전체적으로 통일감을 잃지 않도록 주의하여 제작한다.

○ 상황에 맞는 포트폴리오 작성법

포트폴리오를 필요로 하는 상황에 따라 포트폴리오에 들어갈 작품을 선정하는 것은 원하는 결과를 얻기 위해서 꼭 필요하다.

가) 특수하고 전문화된 직업선택 시

자신의 전문 영역과 직접적으로 관련된 전문화된 기량을 보여주는 작품만 보여주는 것이 현명하다. 원하는 직업과 관련 없는 작품을 포함시키면 전문성에 대하여 의심을 받을 수 있다.

나) 일반적인 직업선택 시

특정한 작품을 제시하라는 요구가 없으면 자신의 전반적인 능력을 한껏 보여줄 포트폴리오를 작성하여, 여러 분야에서 어떠한 새로운 기술도 빨리 습득할 수 있다는 것을 증명하도록 한다.

다) 상근직 직업선택 시

포트폴리오에서 자신의 전문 분야에서 지속적으로 전문적인 일을 해왔음을 보여주는 것이 중요하다. 포트폴리오의 일부는 사신의 화려한 경력을 대변할 만한 작품을 뽑아 자신의 경력을 증명하고 나머지는 최근작으로 구성하는 것이 좋다.

제6장

취업! 면접에서 결정된다

1. 기업은 이런 사람을 원한다.

　취업을 하기 위해서는 시험이라는 관문을 걸친다. 시험은 필기시험과 면접으로 나누어진다. 필기시험은 회사에서 필요한 해당분야의 전문지식을 평가하기 위하여 서면으로 이루어진다.

　면접이란 일반적으로 필기시험을 실시한 후에 최종적으로 기업의 경영자 또는 인사담당자가 지원자를 직접 만나 인성과 지식수준, 성정 가능성 등을 평가하여 자사에 필요한 인재인지의 여부를 판단하는 공개채용 시험의 최종관문을 말한다.

　보통 필기시험 또는 서류 전형으로 지원자의 기초 실력은 확인할 수 있으나, 그것만으로는 응시자의 됨됨이를 모두 알 수 없기 때문에, 직접 지원자와 면접관이 얼굴을 맞대고 질의응답을 통해 지원자의 잠재적인 능력, 사고력, 창의력, 인생관, 직업관, 그리고 예절이나 태도 등을 파악하고자 한다. 또한 면접과정을 통해 취업 희망자의 잠재적인 능력이나 창의력 또는 업무 추진력, 사고력 등을 알아내고자 한다.

즉 면접시험은 지원자의 능력에 대한 총체적인 평가라고 할 수 있는 것이다. 따라서 이전처럼 면접을 '요식행위'로 생각했다가는 취업문을 뚫기 어렵다는 것이다. 때에 따라선 실력보다 면접에서의 인상이 더 큰 비중을 차지하기도 한다. 서류와 시험은 객관적인 절차이지만, 면접은 짧은 시간 안에 수험생이 지원회사에 필요한 인재라는 것을 보여줄 절호의 기회이기 때문이다.

1) 소수정예 인재요구

최근 대다수의 기업들이 거대한 기업 운영에서 벗어나 글로벌 시대의 경쟁력 강화를 위해 기존의 인력구조를 재조정하여 생산성을 향상시키기 위하여 노력하고 있다. 따라서 기존의 직원에 대한 구조조정에 나서면서 채용규모도 축소하고 있다. 더욱이 노사관계의 악화로 대기업에서는 해외 투자를 증가하여 국내 시장은 소수정예로 운영하고자 한다. 이에 따라 기업들은 일당백의 우수인재를 선발하려는 노력을 하고 있다. 따라서 면접이 간단한 질문에서 구체적이고 비전을 묻는 면접으로 발전하면서 취업희망자에 대한 종합적인 인물 평가를 실시하고 있다.

2) 발전가능성과 적극적인 의욕을 지닌 인재 요구

세계화라는 시대 흐름 속에서 무한경쟁을 치러야 하는 기업의 입장에서 이제 단순히 한 분야의 수재형 인물에는 더 이상 매력을 느끼지 못하게 되었다. 따라서 지식수준을 주로 평가하는 필기시험은 형식적으로 치루며, TOEIC, 직무적성검사 등으로 대체되고 있다. 이에 따라 면접이 필기시험 기능의 일부를 떠맡아 가는 추세이다. 그리고 무엇보다 중요한 것은 고용자는 면접을 통하여 지원자가 회사를 성장시킬 수 있는 발전 가능성이 있는지 무에서 유를 창조할 수 있는 적극적인 의욕을 가진 인재를 확인하고자 한다.

3) 회사에서 필요한 인재

시대의 급변은 신세대, X세대, Y세대 등 개성과 특이한 문화지향 주의자를 양산하고 있다. 이러한 신세대의 출현은 회사에서 필요로 하는 전통적인 가치관이나 회사의 기업이념을 뒤흔들어 놓고 있으며 종종 조직의 단결을 저해하는 경우도 있다.

아무리 실력 있는 인재라 하여도 회사의 전통적인 가치관에 맞는 인재를 양성하기 위해서는 많은 교육을 통해서 재사회화를 해야 한다.

따라서 회사에서는 능력도 중요하지만 기본이 되어있는 사람을 중요시한다. 따라서 인성을 중시하는 면접 풍토가 형성될 수밖에 없으며 이에 따라 면접이 가장 효과적인 평가방법으로 부각되었다.

4) 환경변화에 대응할 수 있는 인재

기업은 국내외 기업들과 급변하는 세계 경제 정세 속에서 치열한 경쟁을 벌이고 있다. 기업은 이러한 경쟁 속에서 살아남을 수 있는 적극적인 의지와 함께 여러 가지 변화에 효과적으로 대응할 수 있는 창의성 있는 인재를 필요로 한다.

이를 위해 다양한 질문과 답변과정을 통해 응용력 및 임기응변력 등을 테스트 할 수 있는 면접이 효과적인 평가방법으로 떠오르고 있다.

2. 면접은 종류에 따라 마음의 준비가 달라야 한다.

면접의 종류는 다양하다. 그러나 이러한 면접방식을 정확히 이해하면 실제로 면접할 때 여유가 생기며 수월해진다. 따라서 취업희망자들은 일단 가장 기본적인 면접방식들을 정확히 이해하는데 초점을 맞출 필요가 있으며 질문내용이 다채롭기 때문에 상황대처 능력을 기르는데 신경을 써야 한다.

1) 응시자 수에 따른 분류

응시자 수에 따라 개별면접, 집단면접, 집단토론식 면접 등의 세 가지 형태로 구분된다. 기업에 따라 세 가지 중 한 가지 또는 두 가지 이상을 병행하여 면접전형을 실시하고 있다. 예를 들어 1차 면접에서는 담당임원 및 실무담당 부서장에 의한 개별면접을, 2차 면접에서는 사장단에 의한 집단면접을 실시하는 형식이다.

응시자 수에 따른 분류

구분	특징	내용	장점	단점	시간	특징
개별 면접	단독면접	지원자와 면접관이	한 사람을 자세히 파악 1대1 형식	시간이 많이 걸림 면접관의 개인차	10~20분	외국계 회사 중소업체
집단 면접	다대일 면접	3~5명의 면접관과 1명의 지원자	다각도에서 응시자에 대한 많은 정보 파악	면접관에 따른 질문 다양 지원자의 긴장감과 부담감	10~30분	대기업
	다수대 다수면접	수명의 면접관과	지원자의 긴장감 감소 평가의 객관성이나 신뢰성 향상	수험생의 차례에 따라 유리하고 불리함이 생기며, 자칫 다른 수험생의 페이스에 말릴 수 있음		
	변형된 다대일 면접	면접관별로 독립된 공간에서 진행	지원자의 부담 감소로 능력발휘기회 부여 면접관평가를 종합해 공정성	시간이 많이 걸림 중복질문 가능성	20~50분	대기업
집단 토론 식 면접		5명~8명의 응시자들끼리의 토론이 중심	응시자의 다양한 평가 가능 지식정도, 이해력, 판단력,	개인에 대한 구체적인 정보를 알리거나 알려줄 수 없음		급속도로 확산되는 추세

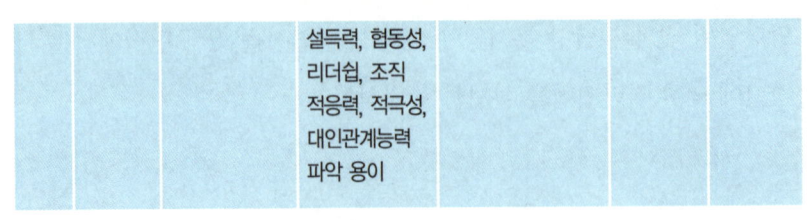

설득력, 협동성,
리더쉽, 조직
적응력, 적극성,
대인관계능력
파악 용이

개별면접

다대일면접

변형된 다대일면접

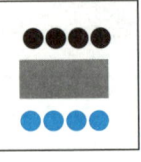

다수대다수

집단토론식 면접

● 면접관　● 수험생　● 보조요원

2) 면접기술에 따른 분류

가) 구조적 면접과 비구조적 면접

① 구조적 면접

구조적 면접은 간단하고 짧은 답을 요구하여 제한적인 질문을 하고 질문내용, 질문의 순서, 용어의 사용 등을 엄격하게 정하여 면접과정에서 면접자가 거의 아무런 융통성을 발휘할 수 없는 면접형태이고 흔히 표준화 면접이라고 불리기도 한다.

② 비구조적 면접

비구조적 면접은 피면접자로 하여금 자신의 생각, 의견, 느낌 등을 자유롭게 답할 수 있도록 개방적 질문을 하고 질문의 형태와 내용을 면접자의 재량에 따라 결정할 수 있는 면접형식을 뜻하며 비표준화 면접이라고도 한다.

나) 지시적 면접과 비지시적 면접

① 지시적 면접

면접자가 면접과정을 주도한 면접자 중심의 면접 방법을 지시적 면접이라 한다.

② 비지시적 면접

비지시직 면접은 피면접자에게 대화의 내용과 흐름올 자유롭게 선택하도록 일임하여 면접자는 보조적인 역할을 수행하는 면접 형태이다.

다) 문제 중심적인 면접과 인간중심적인 면접

① 문제 중심적인 면접

피면험자의 신변사항을 비롯하여 피면험자가 갖고 있는 지식, 기술, 경험 또는 어떤 사건 및 사실에 대해 그가 알고 있는 정보를 묻는 면접을 문제 중심 면접이라 한다.

② 인간중심적인 면접

인간중심 면접은 내담자중심 상담에서 하는 것과 같이 주로 피면접자의 생활문제, 내면세계 따위의 사적인 내용에 대하여 묻고 답하는 면접이다.

라) 외재적 면접과 내재적 면접

① 외재적 면접

피면접자가 평가받고 있다는 사실을 인식하고 있는 상황에서 실시하는 면접 형태를 외재적 면접이라 한다.

② 내재적 면접

내재적 면접은 피면접자에게 면접을 받고 있다는 사실을 인식하지 못하게 면접 목적을 알려 주지 않고 하는 면접 형태이다.

특이한 면접

    ① 블라인드 면접(무자료 면접) — 현대그룹

    ② 다차원 면접 — 대생그룹

    ③ 술자리 면접 — 우방그룹

    ④ 카드놀이 면접 — 신한은행

    ⑤ 합숙면접 — MBC

    ⑥ 프리젠테이션 면접(주제발표식) — 삼성그룹

    ⑦ 동료면접 및 모니터요원 면접 — 신세계

⑧ 삼종 철인경기 면접 — 쌍방울 그룹

3. 치밀한 준비가 면접을 자신 있게 만들어 준다.

무엇이든 준비를 하면 자신감이 생기고 여유가 생기는 법이다. 따라서 면접도 미리 준비하면 면접 당일 날 여유 있게 면접을 치를 수 있다. 그러나 준비하지 않으면 면접 당일 허둥지둥하다 보면 당황하게 되어 답변을 제대로 하지 못하거나 잘못 이야기하는 경우가 생긴다. 면접의 기회는 인생에서 그리 많이 주어지지 않는다. 그래서 이 번 한 번으로 끝내야 한다는 생각으로 신중하게 면접을 준비해야 한다.

1) 면접 준비

가) 지원회사에 대해 사전지식을 충분히 갖는다.

필기시험에시 힙격, 또는 서류전형에서의 합걱통지기 온 후 면접시험 날짜가 정해지는 것이 보통이다. 이때 수험자는 면접시험을 대비해 사전에 자기가 지원한 계열사 또는 부서에 대해 폭넓은 지식을 가질 필요가 있다.

나) 예상문제를 만들어 평소 준비해야 하고, 시사상식, 교양, 전공상식에 대한 질문도 평소에 준비해야 한다.

2) D-day 아침

가) 충분한 수면을 취한다.

충분한 수면으로 안정감을 유지하고 첫 출발의 신선한 마음가짐을 갖는다.

나) 얼굴을 생기 있게 한다.

첫인상은 면접에 있어서 가장 결정적인 당락요인이다. 면접관에게 좋은 인상을 줄 수 있도록 화장하는 것도 필요하다. 면접관들이 가장 좋아하는 인상은 얼굴에 생기가 있고 눈동자가 살아 있는 사람, 즉 기가 살아 있는 사람이다.

다) 아침에 인터넷에 의한 정보나 신문을 읽는다.

그 날의 뉴스가 질문대상에 오를 수가 있다. 특히, 경제면, 정치면, 문화면 등을 유의해서 보아둘 필요가 있다.

라) 아침식사는 꼭 한다.

공복은 마음의 평정을 잃게 하므로 아침식사는 과식이 아닌 영양식으로 간단히 한다.

마) 옷차림에 신경 쓴다.

의복은 깔끔한 용모, 수수하면서도 자신의 개성과 이미지를 잘 나타내는 의상을 선택한다.

바) 늦지 않도록 미리 나간다.

늦지 않도록 미리 서둘러서 예정시간보다 30 분가량 여유를 두고 면접장에 간다.

면접 당일 점검 사항(남)

순서	첫인상에 대한 평가	점 수				
		5	4	3	2	1
머 리	단정한가? 머리가 새집을 짓지는 않았는가? 옷차림과 어울리는가? 길이가 적당한가?					
얼 굴	청결하고 건강한 느낌을 주는가? 수염과 코털은 깎았는가? 화장품이나 향수 향이 지나치게 강하지는 않은가?					
복 장	옷이 구겨지지는 않았는가? 깨끗하고 단정한가? 얼룩은 없는가? 어깨에 비듬이나 머리카락이 붙어 있지 않은가? 바지의 기장이 적당한가?					
손	손톱의 길이는 적당한가? 청결한가? 튀는 디자인의 반지를 끼지는 않았는가?					

양말	정장과 어울리는 색깔인가?					
	냄새는 나지 않는가?					
구 두	깨끗하게 닦여져 있는가?					
	뒤축이 벗겨지거나 닳아 있지는 않은가?					
	높이가 적당한가?					
	장식이 너무 요란하지 않은가?					
기타	구취가 나지 않는가?					
	눈곱이 끼지는 않았는가?					
합 계						

면접 당일 점검 사항(여)

순서	첫인상에 대한 평가	점 수				
		5	4	3	2	1
머 리	청결한가?					
	너무 화려하지 않은가?					
	옷차림과 어울리는가?					
	길이가 적당한가?					
	액세서리가 너무 눈에 띄지는 않는가?					
화 장	청결하고 건강한 느낌을 주는가?					
	화장이 피부색과 어울리는가?					
	화장이 번지거나 얼룩지지 않았는가?					
	립스틱 색깔이 적당한가?					
	볼 터치가 너무 진하지는 않은가?					
	향수 향이 지나치게 강하지는 않은가?					
복 장	옷이 구겨지지는 않았는가?					
	깨끗하고 단정한가?					

	얼룩은 없는가? 어깨에 비듬이나 머리카락이 붙어 있지 않은가? 너무 노출이 심하거나 화려하지 않은가? 스커트의 기장이 적당한가?						
손	손톱의 길이가 적당한가?(1mm이내) 매니큐어가 화려하지 않은가? 청결한가? 화려한 디자인의 반지를 끼지는 않았는가?						
스타킹	무난한 색깔인가? (살색 또는 커피색) 늘어지거나 구멍 난 곳이 없는가? 예비 스타킹이 준비되었는가?						
구 두	깨끗하게 닦여져 있는가? 뒤축이 벗겨지거나 닳아 있지는 않은가? 높이가 적당한가? 장식이 너무 요란하지 않은가? 부츠나 슬리퍼형 구두는 아닌가?						
기타	구취가 나지 않는가? 눈곱이 끼지는 않았는가? 눈에 거슬리는 액세서리를 착용하고 있지는 않은가?						
합 계							

3) 대기실

가) 면접은 대기실부터 시작된다.

면접시험은 이미 대기실에서부터 시작된다고 할 수 있다. 담당 직원이 없을 때라도 언제 회사 측 사람이 들어올지 모르는 일이므로 태도와 언동을 조심하고, 조용한 태도로 자기 차례를 기다린다. 예를 들면 대기하는 동안 옆 사람과 잡담을 한다든지 큰소리로 말하거나, 흡연을 하거나, 다리를 꼬고 비스듬히 앉는 것, 다리를 흔드는 것 등은 삼가야 한다.

나) 기다리는 동안 최종 점검을 한다.

조용한 자세로 자기 차례를 기다리는 동안 예상되는 질문에 대한 대답을 최종적으로 정리하면서 마음을 가다듬는다. 차례가 가까워지면 다시 한 번 자신의 복장을 살핀다. 단, 여성의 경우 대기실 등의 공공 장소에서 화장을 고치지 않도록 하고, 꼭 해야 할 경우에는 화장실에 가서 한다. 그렇다고 지나치게 긴장할 필요는 없다.

4) 호출

담당 직원이 이름을 부르면 똑똑히 '네' 라고 대답하고, 조용히 일어서서 직원이 안내하는 면접실로 간다. 면접실 앞에서 문을 두세 번 노크한 뒤 "들어오시오"라는 응답이 있으면 조용히 문을 열고 들어간다.

5) 입실

면접실에 들어서면 우선 조용히 문을 조용하고 확실하게 닫은 다음

정면의 면접관을 향하여 30° 정도의 각도로 허리를 굽혀 정중하게 절을 한다.

면접위원이 지시하는 자리로 가서 면접위원에게 정식으로 인사를 하고, "XX번, OOO입니다."하고 자기의 수험번호와 성명을 말한 후 조용히 의자에 앉는다.

의자에 앉을 때는 몸이 부자유스럽지 않도록 의자 깊숙이 앉아 등받이에 등을 약간 기대는 것이 좋다. 두 손은 무릎 위에 자연스럽게 올려놓고 두 무릎은 붙인다.

시선은 면접관의 눈을 빤히 쳐다보거나 이리저리 굴리지 말고, 면접관의 가슴부분이나 넥타이 목 부분에 시선을 고정시키고 공손함과 함께 자신의 말에 주의를 기울이고 있다는 느낌을 줄 수 있도록 한다.

6) 질의응답

질문이 시작되면 침착하고 밝은 표정으로 질문자를 바라보며 질문을 듣고 똑똑한 발음으로 대답한다. 말의 억양은 면접관으로부터 활기차다는 말을 들을 정도로 밝은 목소리로 말하는 것이 중요하다. 아래 사항을 특히 주의한다.

가) 솔직하게, 자신 있는 태도로 대답하여 신뢰감을 주도록 한다.
나) 대답을 잘못했다 하더라도 머리를 긁적이거나 혀를 내밀지 않도

록 한다.

다) 대답할 말이 생각나지 않을 때에는 고개를 푹 숙이거나 천장을 올려다보는 일이 없도록 한다.

라) 질문 내용을 잘 못 들었을 때에는 적당히 얼버무리지 말고 다시 물어서 대답하도록 한다.

마) 대답을 할 때는 '에~,' '저~' 등의 불필요한 말이 나오지 않도록 주의한다.

바) 너무 빨리 말하거나 우물쭈물하지 말고 말끝을 흐리지 않는다.

사) 질문에 대해 자신이 있다고 너무 큰소리로, 너무 빨리, 너무 많이 말하지 말고, 명료하게 간추려서 요령 있게 대답하도록 한다.

자) 빨리 대답을 할 수 없다고 해서 너무 오래 끌거나 잠자코 있어서는 안 된다. '잠깐 생각할 여유를 주십시오.' 하고 말한 다음 잠시 생각하고 나서 분명한 어조로 말한다.

7) 퇴장

면접이 끝났을 때에도 예의바른 태도를 잊지 말아야 한다. 면접관이 "수고하셨습니다." 등으로 면접시험이 끝났음을 알리면 무의식중에 벌떡 일어나서 도망치듯 급히 빠져나가지 말고 '감사합니다.' 라고 정중한 인사를 한 후에 조용히 의자에서 일어나 문을 열고 나간다.

나올 때는 뒷모습이 보이지 않도록 뒤부터 문으로 나오게 한다.

4. 면접관들은 이렇게 평가를 한다.

면접을 흔히 인물에 대한 종합평가라 하는데, 실제로 면접위원이 수험생과 직접 대면하게 되므로 그 인물의 외면적인 용모에서부터 내면적인 성격이나 성품을 평가하고, 대화나 질의응답 과정을 통해 지원자의 이해력, 자신감, 판단력, 표현력, 적극성, 계획성, 안정성, 성실성, 사회성 등을 평가하고 응답내용 중에서 일반상식, 학식, 교양 등에 관한 내용을 물어 이에 대한 평가를 한다. 면접은 고용자가 이력서와 자기소개서에서 얻은 지원자의 정보에 대해 직접 이력, 특기, 면허. 자격, 취미, 성격, 직무수행능력 등을 종합해서 확인하고 관찰하고자 하는 시험이다.

1) 면접 시 주요 평가 항목

면접 시 면접관들은 아주 다양한 척도로 구직자를 평가한다. 그도 그럴 것이 짧은 면접시간을 가지고 회사에서 필요한 인재를 구하기 위해서는 다양한 척도를 필요로 한다. 다음은 각 기업의 인사 담당자들이 평가하는 평가 항목들을 종합한 것이다.

면접 시 주요 평가 항목

외모 (외형적 판단)	건강 복장	업무에 적당한 건강유지 여부 청결 단정	단정한 머리, 건강한 모습 나이에 맞는 옷차림 정장이 무난하며 화장은 요란하게 하지 않게 함
	태도	몸가짐이나 동작	민첩성, 침착성 활기찬 모습, 부드럽고 편안한 느낌
	표정 명랑성 협조성	신선한 감각과 발랄한 에너지 외향적인 성격 타인과의 협조 및 긍정적 사고	밝은 표정, 곧은 자세 밝은 성격, 명랑한 성격 사회에 대한 긍정적 사고 타인의 의견존중, 솔직한 태도
	대화법	대화하는 방법	언어의 명료함, 응답 태도 작은 목소리와 은어, 속어 금지
	호감	첫인상	신선하고 상쾌한 느낌
성격 (내면적 판단)	성격 성품	표정이나 대화 말의 톤이나 억양, 표정	밝은 표정, 웃는 표정, 밝은 인상 정감 있는 응답, 인자한 모습
질의 응답 과정	이해력 자신감 판단력	질문에 대한 정확한 의도 파악 질문에 대한 답변이나 태도 신중한 판단에 의한 대답	이해부족 시 재질문 자신감 있는 모습 경솔한 응답, 변명, 허둥대는 모습 금지. 응용, 창의력, 적응력, 임기응변

응답 내용	표현력	논리 정연한 언어표현	간결, 요약, 일관성, 용어 적절, 어휘 풍부, 구사력, 언어사용 적절성
	적극성	질문에 대한 답변이나 태도 행동력, 창조력	성심성의껏 답변, 적극적인 자세 의욕적인 활동, 왕성한 연구심 창조 적인 노력, 투지나 정열
	계획성 안정성 성실성	합리적인 계획 정서의 안정 성실한 사고방식	희망, 미래계획, 능력유무 좋은 교우관계, 친구관계 자신의 장·단점/인생관, 자신에 대한 충실
	사회성 일반상식 학식	사회적 적응력 문제의식과 통찰력 및 사고방식 학식과 지성 요구	교우관계, 가정환경에서의 고립 일반상식 지망직종에 대한 지식, 잘하는 과목, 취미활동의 내용
	교양 인생관. 직업관	교양에 대한 이해 생활환경, 지적 활동의 정도, 직장 적응 능력	생활태도가 현실적이며 건실한가, 장래에 대한 비전
응모 서류	이력 특기, 면허. 자격	정직한 작성 요구 직종과 밀접한 관련	
	취미	건전성, 인격형성 유추	
	성격	자신을 객관시하고 분석할 능력	단점 개선의지, 장점에 대한 겸손, 협조성, 지도성, 인간관계
	직무 수행 능력	반응 관찰, 질의응답	업무 추진 능력, 희망 업무

2) 공무원 면접의 채점 요소

◆ 면접시험은 다음 평정요소마다 각각 상(3점), 중(2점), 하(1점)로

평정하여 15점 만점으로 한다.

　① 공무원으로서의 정신자세는 올바른가?

　② 전문지식과 그 응용 능력은 있는가?

　③ 의사발표의 정확성과 논리성은 갖추고 있는가?

　④ 용모, 예의, 품행 및 성실성은 있는가?

　⑤ 창의력, 의지력 기타 발전 가능성은 있는가?

◆ 면접 설문의 주안점 및 착안사항

가) 설문의 주안점

－ 공무원의 정신자세와 전문지식 및 응용능력에 대한 질문은 공무원으로서 갖춰야할 소양과 가치관, 해당 직무분야의 기본적 지식과 실무 수행능력 대한 검정사항이다.

－ 의사발표의 정확성과 논리성, 창의력, 의지력, 기타 발전가능성에 대한 질문은 다양한 시정을 수행하는데 필요한 능력과 사회 각 분야의 이해도를 검정할 수 있는 기초적인 사항이다.

공무원 면접 시 면접항목별 착안사항

면접항목	착안사항	상 (3)	중 (2)	하 (1)
가. 공무원으로서의 정신자세	1) 국가관은 건전한가? 2) 공직자로서의 사명감과 책임의식이 강한가? 3) 공무원 지원동기가 분명하고 건전한가?			

	4) 공과 사를 구분하고 봉사정신은 투철한가?			
	5) 올바른 가치관을 가지고 있는가?			
나. 전문지식과 그 응용능력	1) 관련 업무에 관한 지식은 있는가?			
	2) 전문용어를 바르게 이해하고 있는가?			
	3) 관련 업무에 대한 응용능력은 있는가?			
	4) 최근의 정책 및 시책에 관한 관심은 있는가?			
	5) 국제정세 및 시사성 있는 문제에 관심은 있는가?			
다. 의사발표의 정확성과 논리성	1) 바르게 이해하고 적절한 판단을 내리는가?			
	2) 음성이 명료하고 용어는 적절한가?			
	3) 간견, 정확하게 말하는가?			
	4) 자기의 의견을 솔직히 표현하는가?			
	5) 사고방식이 합리적인가?			
라. 용모, 예의, 품행 및 성실성	1) 용모, 복장은 단정한가?			
	2) 예의, 자세는 바른가?			
	3) 표정 등 인상은 밝고 자신이 있는가?			
	4) 침착하고 안정감이 있는가?			
	5) 태도가 분명하고 진지한가?			
마. 창의력, 의지력, 기타 발전가능성	1) 문제분석 및 해결 능력이 있는가?			
	2) 위기상황에 대처능력이 있는가?			
	3) 젊은이다운 기백이 있는가?			
	4) 근면 · 성실하고 인구발전적인 성격의 소유자인가?			

나) 면접시험의 합격결정에 있어서 각 위원이 채점한 평점의 평균이 중(10점) 이상인 자를 합격으로 한다. 다만 위원의 과반수가 어느 하나의 평점요소에 대하여 "하"로 평정한 때에는 불합격으로 한다.

면접시험의 채점표

(   )면접시험 채점표

①응시 번호		②성명	(한글)	(사 진)
			(한자)	
③직렬 직류 (분 야)		⑤주민 등록 번호		
④직 급 (등 급)				
⑥최종출신 학 교				
⑦필 적 감정용 기재란	(예시) 본인은 위 응시자와 동일인임을 서약합니다.			

⑧ 평 정 요 소	⑨ 평 정 기 준 점 수	⑩위원평정점수
㉮ 공무원으로서의 정신자세	상:3점, 중:2점, 하:1점	점
㉯ 전문지식과 그 응용능력	상:3점, 중:2점, 하:1점	점
㉰ 의사발표의 정확성과 논리성	상:3점, 중:2점, 하:1점	점
㉱ 용모 · 예의 · 품행 및 성실성	상:3점, 중:2점, 하:1점	점
㉲ 창의력, 의지력, 기타 발전 가능성	상:3점, 중:2점, 하:1점	점
합 계	만 점 : 15점	점

⑪특기사항	
⑫시험시행일 2003.	⑬위원서명 (인)

※ 응 시 생 주의사항 : ① ~ ⑦란은 응시생이 반드시 자필로 기재하여야합니다.
※ 면접위원 유의사항 : ⑩ ~ ⑬란은 면접위원이 기재합니다.

- ⑪란의 특기사항란에는 면접위원의 특별한 의견을 기재합니다.
- 합격결정 : 각위원이 채점한 평점의 평균이 "중"(10점) 이상인 자.
  〈단, 위원의 과반수가 어느 하나의 동일한 평정요소에 대하여 "하"(1점)로 평정한 때에는 평균점수와 관계 없이 불합격임〉

5. 면접에 이런 것을 묻는다.

면접관들은 면접을 볼 때 몇 가지 원칙을 가지고 묻는다. 면접은 통상 서류전형을 통해서 3배수 정도를 뽑아서 그들 중에서 면접으로 뽑는다. 통상적으로 면접을 보는 사람이 많을 때는 빠르게 면접을 보기 위해서 정해진 질문을 묻는 것이 보통이나 면접을 보는 사람이 적을 때는 특별한 것들을 묻는다.

면접에서 묻는 질문은 지원동기에 대한 질문이 가장 많으며, 자신에 대한 질문, 직업의식에 대한 질문, 대학생활이나 친구에 대한 질문, 인생관에 대한 질문, 상식·시사에 대한 질문, 그 외 의외의 질문 등을 하기도 한다.

1) 지원동기에 대한 질문

· 본사 지원 동기
· 본사 지원의 결정적 요인
· 본사에 대해 사전에 알고 있는 것
· 타 회사 지원여부
· 추천인과의 관계
· 채용 탈락 시 어찌할 것인가?
· 본사를 택하기 위해 상담한 사람
· 타 회사의 지원여부
· 타 회사와 본사가 동시에 합격한다면

· 대기업보다 중소기업을 선택한 이유
· 본사의 생산품에 대한 설명
· 본사의 기업이념
· 본사의 장단점
· 본사 제품에 대한 인지도
· 회사까지의 교통편
· 가업의 승계 여부
· 지방기업을 선택한 이유

2) 자신에 대한 질문

· 3분간 자신 소개(영어 소개도 준비)
· 본인의 장단점
· 가장 소중하게 생각하는 것
· 자신의 철학
· 자신의 특기
· 자신의 장점과 단점
· 가장 자랑할 만한 것
· 가장 존경하는 사람
· 생활신조

· 본인의 인생관
· 가장 슬펐던 일, 행복했던 일
· 타인의 자신에 대한 평가
· 자신의 목표
· 자신의 취미
· 좋아하는 스포츠
· 주량
· 흡연여부
· 좌우명

3) 직업의식에 대한 질문

- 직업의 의미
- 희망 업무
- 희망 업무를 맡지 못한 경우의 소감
- 희망 근무지
- 희망 근무지로 발령이 안될 경우
- 자신의 적성
- 비즈니스 사회에 가장 중요한 것
- 희망하는 상급자 상
- 첫 월급의 사용처
- 학생과 사회인의 차이
- 프로의식이란
- 급한 업무 발생 시 대처 요령

- 시간외 근무에 대한 소감
- 휴일 근무에 대한 소감
- 업무와 개인적인 일에 대한 생각
- 자신의 목표
- 회사에 대한 궁금증
- 입사 후 마음가짐
- 입사 후의 자세
- 회사의 희망 근무 기간
- 희망 승진 목표
- 상사와의 의견 대립 시 행동
- 협동과 조화의 차이
- 출세의 의미

4) 대학생활이나 친구에 대한 질문

- 학창 시절 가장 기억나는 일
- 학창 시절 가장 많이 한 일
- 학창 시절 가장 행복했던 일
- 학창 시절 가장 힘든 일
- 대학 생활에서 얻은 것
- 대학 생활에서 잃은 것
- 취득한 자격증
- 교수들과의 관계
- 다시 대학생활을 한다면
- 학비 조달 방법

- 전공
- 관심사
- 졸업논문의 주제
- 서클 활동
- 아르바이트 경험 여부
- 학점이 안 좋은 이유
- 제일 좋아하는 과목
- 친구의 의미
- 절친한 친구가 보는 당신의 모습
- 친하게 지내는 친구에 대한 소개

5) 인생관에 대한 질문

· 여가 활용 방법
· 기상시간과 취침시간
· 부모님에게서 독립한 경험
· 가출 경험
· 최근 읽은 책의 감상
· 가장 만나고 싶은 사람
· 부모님에 대한 생각
· 신문에서 관심 있는 면
· 흥미 있는 뉴스
· 돈, 명예, 일 중 택일하라면

· 용돈 사용량
· 건강관리 방법
· 요즘 신세대에 대한 느낌
· 지금 제일 원하는 것
· 5년 후의 자기 모습
· 10년 후의 자기 모습
· 인생의 기준이 되는 사람
· 행복의 의미
· 사랑의 의미
· 우정의 의미

6) 상식 · 시사에 대한 질문

· 직업관
· 기업의 사회적인 책임
· 웰빙
· 보보스
· 정보화 사회
· B to B
· B to C
· DRM
· 엥겔계수
· IMF
· 여성전용선거구제
· 위키위키
· 와인(WINE)세대
· 디노미네이션(Denomination)

· 마케팅
· 무역마찰의 해소
· 기업의 구조조정
· 딜링
· 환경보호
· BK21
· Y2K
· 2차원 바코
· 탄핵소추권
· 배드뱅크
· 사모펀드
· 루키즘(Lookism)
· 트로피 남편
· 다운시프트족

- 어닝시즌
- 메트로 섹슈얼
- DINS족
- 아담(Adam)증후군

- 블리자드
- 헤지펀드
- 레임덕
- 임금피크제

7) 여성응시자에 대한 질문

- 결혼과 일의 관계
- 고향을 떠난 이유
- 남녀 고용 평등법
- 애인 유무
- 회사에서 여성의 역할
- 여성으로서의 목표
- 여성으로서의 직업관

- 여사원의 역할
- 성희롱, 성폭력 대처 방안
- 남녀 교제에 대한 생각
- 음주, 흡연 여부
- 화장 시간
- 차 서빙에 대한 생각
- 영업에 대한 생각

8) 뜻밖의 질문

- 주위사람들이 당신의 험담을 한다면
- 1년의 휴식을 준다면
- 1000만원이 갑자기 생긴다면
- 갑자기 돈이 필요하면
- 지금 여기서 불이 난다면
- 전일 주가는?
- 당신이 회사의 운영자가 된다면?

- 우리 회사에 안 맞는 것 같네요?
- 도대체 취직할 생각은 있나요?
- 열의가 느껴지지 않네요.
- 내일 지구가 멸망한다면?
- 당신이 면접관이라면 어떤 질문을 할 것인가?
- 최근 영화를 본 소감

6. 첫인상에 승부를 걸어라.

1) 첫인상으로 결과를 예측할 수 있다.

　학자들은 사람들은 처음 만나서 약 7초라는 눈 깜박하는 사이에 표정, 복장, 태도, 용모, 시선, 자세 걸음걸이와 같은 시각적 이미지뿐만 아니라 음성, 억양, 말씨, 언어와 같은 청각적 이미지를 통해서 상내를 평가한다고 한다.

　이미지를 형성하는 다양한 요소들은 사람을 만나는 처음부터 끝까지 동시에 같은 영향을 주는 것이 아니라 만남의 시간이 지남에 따라 영향을 주는 판단 요소들이 다르다고 한다. 따라서 면접관에게 좋은 인상이나 강한 인상을 주기 위해서는 이미지를 형성하는 요소들을 시간이 지남에 따라 적절히 활용해야 하며, 면접실에 들어가는 순간부터 나오는 뒷모습까지 잘 관리하여야 한다.

시간의 경과에 따른 이미지 판단요소

구분	특징	판단요소
첫인상	– 외모에 의해서 상대편이 일방적으로 평가한다. – 5–6초 안에 신속하게 이뤄진다. – 외모만을 보고 성격이나 신뢰감에 대한 연상을 일으킨다. – 단 한번 뿐이다. – 나에 대해 긍정적, 부정적인 마음을 갖게 한다.	표정, 모습, 인사, 자세, 동작 이미지 등
중간 인상	– 첫인상에 대한 평가에 의해 지속적으로 받는다. – 부정적인 첫인상을 바꿀 수 있는 유일한 시기이다. – 긍정적인 첫인상과 강화하는 시기이다. – 생각을 행동으로 실천하게 하는 시기이다.	행동과 대화가 대부분의 이미지를 차지
끝인상	– 긍정적인 생각을 한다고 느끼면 소홀하기 쉽다 – 긍정적인 중간인상을 마무리 각인시키는 과정이다 – 신뢰감을 형성한다. – 지속적인 만남을 가질 것인가를 결정한다.	감사인사, 행동, 전화, 시선 등

2.) 표정이 인상을 결정한다.

우리가 가진 표정에 대하여 면접관은 다양한 감정을 가지게 된다. 나의 표정하나가 면접관에게 좋은 감정을 가지게 할 수도 있지만 부정적인 생각을 가지게 할 수 있다.

· **인상은 그 사람의 삶을 반영한다.**

　의학계에서는 우리 얼굴의 근육은 뇌의 명령을 그대로 전달하며 표현한다고 한다. 사람의 표정은 무려 7천여 가지나 된다고 한다. 이것은 얼굴에 있는 40여 개의 크고 작은 표정 근육들의 움직임을 수학적으로 조합한 숫자이다. 이 표정근육이 항상 일정한 방향으로 계속 움직이면서 주름을 만드는 것이다.

　그래서 부정적인 생각이나 너무 심각한 생각을 하는 사람은 인상이 어두워진다. 연구직처럼 오랫동안 한쪽으로 몰두하거나 공부를 한 사람들의 근육은 더 경직되어 학자의 얼굴이 되고. 동심을 가지고 사는 사람들은 어른이 되어서도 동안이다. 남을 괴롭히거나 폭력적인 생각만 하다 보면 범죄자의 얼굴이 된다. 어릴 때부터 못생긴 얼굴로 인해 미움을 받거나, 아름다운 얼굴을 가진 덕분에 사랑을 받아왔다면, 그 역시 성격 형성에도 중요한 영향을 끼쳐 인상에 다시 반영되어 나타난다. 이러한 이유는 뼈는 달라지지 않으나 근육의 쓰는 부위에 따라 수름살도 생기게 되는데 인상을 써서 생기는 주름과 좋은 표정 즉, 예를 들면 웃으면서 만들어 지는 주름에는 분명 차이가 있는데 살의 위치나 탄력이 달라지기 때문이다.

　얼굴의 형태가 삶에 끼치는 영향을 보면 타고난 선천적인 얼굴의 형태가 20% 정도 영향을 미치며, 80%는 후천적으로 자신이 만들어 가는 얼굴에 의하여 영향을 받는다. 따라서 그 사람의 인상은 삶을 반영하는 거울이 된다. 심지어 한 날 한시에 태어난 쌍둥이조차 인성에 따라 얼굴이 달라진다.

· 좋은 인상은 마음에서부터 시작한다.

갓 태어난 아기의 얼굴은 대개 비슷하여 천진난만하고 귀여운 인상을 하고 있다. 그러나 천진난만했던 얼굴이 성숙해가면서 여러 가지 외부 환경의 자극에 의하여 정신적인 반응이 얼굴의 근육을 변화시켜 인상이 점차 변화해 간다. 따라서 우리의 인상은 선천적이라기보다는 후천적이라 할 수 있다.

사람은 성장하면서 호감이 가는 인상이 있는가 하면 반면에 마음은 그렇지 않은데 점점 나쁜 인상을 주는 사람도 있다. 호감이 가는 인상은 세상을 살면서 인복이 있다는 말을 들을 정도로 주변의 사람들에 의하여 인생이 수월하게 풀려 가는 것을 느낄 수 있다. 그러나 나쁜 인상을 가진 사람들은 자기를 기피하게 하고 하는 일마다 사람을 잘못 만나서 원하는 목표를 이룰 수 없게 된다.

그래서 링컨은 "40대가 되면 자기 인상에 대하여 책임을 지라."는 말을 한다. 각자의 인상은 자신의 삶을 어떤 생각을 가지고 어떻게 살았느냐는 것을 얼굴이 반영한 것이다. 인생을 살면서 긍정적이므로 행복하게 산 사람들의 인상에서는 행복감과 편안함을 느낄 수 있다. 그러나 삶이 순탄하지 않은 사람들은 인상에서 그 삶의 고단함을 느낄 수 있다.

얼굴이란 한 송이 꽃과 같아서 관리하는 사람의 관리 부족으로 설령

못생긴 꽃이 피었다 하더라도 그것은 그다지 문제가 될 일이 아니다. 꽃은 시들어도 뿌리가 살아 있다면 관리를 잘해 줌으로써 다시 한 번 훌륭한 꽃을 피울 수도 있다. 그 뿌리는 인간으로 치자면 마음이다. 마음을 긍정적으로 갖는다면 뿌리에 좋은 기운을 불어 넣는 것이고 이는 그 사람의 인상을 성공하는 인상으로 변화시킬 수 있다.

따라서 나쁜 인상은 선천적으로 태어날 때부터 가지고 나오는 것이 아니라 성장과정에 부정적인 사고나 자신감의 상실로 인하여 굳어진 것이라 할 수 있다. 이제 나쁜 인상을 탓하지 말고 지금까지 살아온 삶에 대하여 부정적인 요인들을 제거하여 긍정적인 마음을 갖는 것이 중요하다. 이제부터라도 후천적인 노력을 통해 매력 있는 표정과 미소를 만들어 호감형 인상을 줄 수 있도록 해야겠다.

· **좋은 인상은 하루아침에 만들어지지 않는다.**

인상을 좋게 하는 원인은 지금까지 강조했듯이 마음에서 나온다. 결국 그 원인은 주어지는 것이 아니라 자기가 만드는 것이다. 그러나 단순히 자기의 생각 만으로만 만들어지면 세상이 인상이 나쁜 사람이 전혀 없을 것이다. 산에 오르기는 어렵지만 내려오기는 쉽지 않다. 좋은 상이 나빠지는 건 쉽지만 나쁜 상을 좋은 상으로 바꾸는 것은 결코 쉬운 일이 아니다. 그러다 보니 단시간에 좋은 인상을 만들려고 성형 수술까지 하고 있는데 좋은 인상이란 외적인 용모가 아니라 내적인 마음가짐에서 비롯되기 때문에 성형수술보다는 무엇을 생각하느냐가 그 사람의 인상을 결정한다고 할 수 있다.

좋은 인상을 가진 사람들의 공통점을 보면 좋은 것만 하려고 하고, 아름다운 것만 보려고 하고, 즐거운 것만 생각하며, 남을 사랑하고, 자신을 희생하며, 겸손하게 산다. 이렇게 긍정적으로 사는 사람의 인상이 험악할 리 없으며, 건방지고 교만할 리 없다. 이처럼 인상은 습관이 만들어낸다. 인상에는 그 사람의 생각과 경험과 습관이 담겨 있다.

따라서 좋은 인상을 갖기 위해서는 생활 습관으로 지속적인 마음의 훈련으로 가꿀 수 있다. 마음의 훈련이란 항상 좋은 것만 하고, 아름다운 것만 보려고 하고, 즐거운 것만 생각하고, 긍정적인 것을 주로 생각하는 마음 자세를 가져야 하겠다.

· 첫인상을 좋게 하는 방법

용모복장이나 자세등 우선 보여지는 것부터 바꿔보도록 하자.

- 옷은 잘 입으면 인상을 좋게 하나 잘못 입으면 면접관의 감정을 부정적으로 만들 수 있다. 따라서 만남의 TPO(시간 장소 목적)에 맞게 입어야 한다. 때에 따라서는 과도하게 차려입는 옷차림은 어울리지 않을 수도 있다.

- 대화할 때는 눈을 마주치며 이야기하는 것이 익숙하지 않은 사람이 많다. 상대가 윗사람이나 이성일 때는 더하다. 그러나 첫인상을 좋게 하기 위해서는 만나서 헤어질 때까지 면접관의 눈을 보며 대화해야

한다. 이때 눈싸움 하듯 눈만 응시하기 보다는 눈과 인중을 역삼각형을 그리듯 자연스럽게 바라보며 서로 부담스럽지 않게 시선을 마주쳐야 한다.

- 만났을 때와 헤어질 때 악수를 하면서 마음을 전한다. 악수를 할 때도 면접관의 눈을 보면서 면접관에 대한 신뢰감과 편안함을 주도록 해야 한다. 따라서 손을 잡을 때도 정성스럽게 잡고 따스한 마음이 전달되도록 3초 정도 잡는다.
- 성공적인 만남을 가지려면 인사할 때나 대화할 때 자주 미소를 지어서 면접관이 호의를 갖도록 해주어야 한다.

- 짙은 화장과 진한 향수는 면접관에게 거부감을 줄 수 있다. 하지만 나만의 개성 있는 모습과 체취와 잘 녹아든 은은한 향기는 남녀를 불문하고 한 번 더 돌아보게 만드는 힘이 있다.

- 면담에서는 해야할 이야기는 하되 많이 말하기보다 면접관에게 기회를 더 주어 많이 들어주면 면접관은 말을 많이 하면서 친근감을 가질 수밖에 없다.

- 면접관과 대화하면서 가식적으로 대하지 말고 진지하게 대하여 자신의 참모습을 보여주어야 한다. 그러다 보면 면접관은 나에 대하여

긍정적인 마음을 가져 좋은 결과를 가져올 것이다.

- 면접이 진행되는 동안 연방 시계를 보거나, 다리를 덜덜 떨거나, 창 밖에만 시선을 두게 되면 면접관을 무시하는 인상을 준다. 그러다 보면 면접관은 불쾌감을 느낄 수밖에 없다. 따라서 대화할 때는 딴 짓을 하지 말고 전적으로 진지하게 상대에게 전념하라. 그럼 당신을 신뢰하게 된다.

3) 외모보다는 표정에 투자하라.

혼자 타고 있는 엘리베이터 안에 험한 표정을 가진 사람이 탔다면 같이 있는 동안 두려움에 떨뿐 만 아니라 엘리베이터에서 빨리 나가고 싶은 생각이 들 것이다. 그러나 호감이 가는 표정을 가진 사람이 타면 한번더 돌아보고 싶을것이다.

이처럼 호감 가는 밝은 표정을 가진 사람의 주변에는 언제나 사람들로 가득하나 좋지않은 표정을 가진 사람의 주변에는 본인이 아무리 친구를 원한다고 하더라도 사람들은 그의 곁에 쉽게 오려고 하지 않는다. 자연히 표정에 따라 행운의 기회도 차별적으로 적용된다.

결혼상담소를 찾는 사람들이 사진에서 배우자감을 고를 때 가장 선호하는 유형은 명랑하고 밝은 표정을 가진 얼굴이라고 한다. 아무리 잘생긴 얼굴이라 할지라도 얼굴에 그늘이 스치거나 신경질적인 표정으로 보이면 인기가 없다고 한다.

호감 가는 밝은 표정은 마음가짐의 표현이기 때문에 기분이 좋을 때는 문제가 없겠지만 이러한 표정을 한 결 같이 지속적으로 가지려면 자기관리가 필요하다.

좋은 표정을 위한 자기 관리는 다음과 같다.

하루의 얼굴은 전날 밤부터 만들어진다. 푹 자고 일어난 얼굴에는 건강하고 밝은 표정이 감돈다. 그러나 과음을 했거나 푹 자지 못한 얼굴은 피곤해 보이고 어둡다.

불쾌한 일을 당했거나 미워하는 사람이 생기면 잠들기 전에 마음을 정리해야 한다. 그렇지 않으면 얼굴이 굳어지게 된다. 마음을 아프게 하는 일이 있다면 부정적인 쪽보다는 희망적인 쪽으로 생각도록 한다. 예를 들면 '더 나쁜 일이 생길 걸 이걸로 때웠다'고 생각하자. 이렇게 하루하루 마음을 정리하고, 새로운 출발을 한나면 얼굴은 항상 빛이 날 것이다.

아침에 일어나면 우선 얼굴의 색과 윤기를 체크해야 한다. 색이나 윤기는 반드시 아침에 체크한다. 만약 얼굴에 윤기가 사라졌다면 우선 의심해야 할 것은 질병이다.

사람을 만났을 때는 사랑하는 사람을 대한다는 생각으로 표정을 짓는다. 애인에게 사랑받는 표정으로 면접관에게 대한다면 호감 가는 표정이 될 수 있다.

항상 긍정적인 생각을 가진다. 긍정적인 생각만 하면 자연히 표정에 여유가 생긴다. 표정에 여유가 생기면 면접관을 편하게 만들어 준다.

항상 미소 띤 얼굴을 가진다. 우리 옛말에 "웃는 얼굴에 침 못 뱉는다."라는 말이 있다. 미소 앞에서는 미움도 사라지게 한다. 그리고 주변 어른은 물론 동료, 후배들에게까지 인기가 좋아진다.

4) 미소는 안 될 일도 되게 만들어 준다.

아름다운 표정을 짓고 웃는 얼굴을 멋지게 연출하는 가장 간단하고 좋은 방법은 자주 웃는 것이다. 아는 사람을 만날 때나 친절한 사람을 대할 때, 고마움을 표현해야 할 때 의식적으로라도 미소지어보자. 미소짓다보면 마음도 열리게 된다.

미소는 소리를 내지 않고 웃는 웃음으로 스마일이라고도 한다. 입가에 머금은 미소는 면접관을 안심시키고 긍정적인 생각이 표정을 바꾸듯 미소를 띄는 얼굴이라면 긍정적인 사람일 것이라는 좋은 인상을 심어주어 인간관계 증진을 도모할 수 있게 해준다. 따라서 항상 미소를 머금은 모습을 갖는 것이 좋다.

· U자형 스마일라인

스마일라인(Smile Line)은 치의학 용어로서 일반인들에게는 다소

생소할 수 있지만, 영어 단어에서 짐작할 수 있듯이, 편안한 미소를 지을 때, 입술이 이루는 선을 의미한다. 매력적면서 아름다운 미소는 코, 입술, 턱의 외형과 고르고 하얀 치열, 그것과 더불어 밝고 자신감 있는 표정에 의해 이루어진다. 사람은 가지고 태어나는 관상보다 삶의 태도 등으로 만들어지는 인상은 생김새가 아니라 표정으로, 그 표정은 그 사람의 마음가짐이 어떻느냐에 따라서 인상의 좋고 나쁨이 결정된다.

가장 보기 좋은 스마일라인은 U자형 스마일라인으로서 양쪽 입 꼬리가 올라가서 웃을 때 앞니를 드러나게 하는 윗입술과 아랫입술 윗부분이 만드는 형태인데 입 꼬리가 많이 올라갈수록 보기 좋다. 이때 눈도 함께 웃으며 눈꼬리는 내려갈수록 보기에 좋다.

· U자형 스마일라인 만들기

U자형 스마일라인을 갖고자 한다면 다음과 같이 입 꼬리를 올리는 근육운동과 웃는 연습을 생각날 때마다 거울을 보면서 꾸준히 해보자. 1개월만 시나년 웃는 얼굴이 몰라볼 정도로 매력석으로 변할 것이다.

· 스트로우를 입에 물고 최대한 입 꼬리에 바짝 가까이 대면 입 꼬리가 올라가게 된다. 이때 최대한 예쁘게 웃는다.

· 아침 잠자리에서 일어나면 입안에 물을 머금고 양치질하고 난 뒤 헹구는 동작처럼 다섯 번 정도 깨끗이 헹군 후 다시 입속에 공기를 불룩하게 넣었다 뺐다 하기를 여러 번 반복한다.

· 오른쪽 뺨을 불룩하게 만들어 왼쪽 뺨으로 보내고 왼쪽 뺨에서 다

시 오른쪽 뺨으로 보내는 식으로 여러 번 반복한다.

·입 꼬리를 올려주는 기초 발성법

얼굴의 근육도 신체의 다른 근육과 마찬가지로 단련하게 되면 얼굴 근육이 발달하게 된다. 주로 무표정한 사람의 얼굴을 보면 어딘지 모르게 탄력이 없어 보인다. 또한 말 수가 적은 사람이 많은 사람보다 얼굴에 생기가 없어 보이는 것도 얼굴 근육의 움직임이 적기 때문이다. 따라서 굳어진 얼굴 근육을 전반적으로 잘 움직이게 하기 위해서는 다음과 같은 발성법을 통하여 변화를 가져올 수 있다.

· 아 : 정면을 향하고 입을 가장 크게 벌리고 "아"하고 소리를 내며 다섯을 센다

· 이 : "ㅡ"자를 만드는 느낌으로 "이"하고 소리를 내며 다섯을 센다

· 우 : 입술을 앞으로 쭉 내밀고 "우"소리를 내며 다섯을 센다

· 에 : 입을 "V"자로 만드는 느낌으로 "에"하고 소리를 내며 다섯을 센다

· 오 : 입술을 최대한 동그랗게 만들어 "오"하고 소리를 내며 다섯을 센다

5) 눈도 의사표현을 한다.

얼굴 가운데서도 눈은 '마음의 창'이라고도 한다. 눈을 보면 그 사람

을 알 수 있다고 하는 것은 우리가 정보의 80%이상을 눈을 통해서 입수하기 때문인데 우리는 의사소통 과정에서 음성 이외의 거의 모든 정보가 눈을 통해 들어오며 또 눈으로 전달되기 때문이다. 즉 눈도 말을 한다는 것이다.

책을 많이 읽은 사람의 눈빛이 다르고 탐욕스런 눈빛 또한 다르다. 인자한 사람의 표정과 악독한 사람의 표정도 눈을 통해 알 수 있다. 입은 말로 표현하여 의사를 전달하지만 눈은 그 자체로 기뻐하거나 분노하거나 슬퍼하거나 즐거워하는 모습을 나타나고 있다. 이처럼 눈은 마음의 상태를 그대로 반영한다. 따라서 눈을 통해 우리는 면접관에 대한 많은 정보를 얻을 수 있기 때문에 사람을 처음 만나게 되면 눈을 자연스럽게 보게 된다. 의사소통 과정에서 상대의 시선을 통해 말로 표현되지 않는 무관심, 수줍음, 자신감, 긴장감 및 진지함의 정도가 파악된다. 따라서 눈에도 우리가 원하는 표정을 단다면 말을 하지 않아도 모든 일이 쉽게 해결될 수 있다.

· 시선의 종류로 알아보는 심리상태

눈이 마음의 창이기에 사람을 만나 면접관에 대한 정보를 알고 싶으면 자연스럽게 사람의 눈을 보게 된다. 눈의 움직임에 따라 면접관은 잠재의식에 있는 심리 상태를 표출한다. 따라서 면접관과 대화를 할 때 굳이 말하지 않아도 면접관의 시선에 따라 면접관을 안다는 것은 어떤 일을 하는데 유리하게 작용할 수 있다.

시선의 종류로 알아보는 심리상태

시선	심리 상태
노려보기	상대를 위협하기 위해 시선을 고정시키는 행위
두리번거리기	호기심을 반영하며 타인의 집이나 방에서는 상대의 환심을 사기 위해 일부러 부러운 눈으로 두리번거리기도 한다.
곁눈질하기	들키지 않고 뭔가 볼 때, 부끄럽다는 계산된 수줍음의 신호로 사용
눈 내리깔기	윗사람에 대한 겸손의 신호, 복종심을 나타낸다.
눈 들어올리기	반항이나 설득과정에서 이의를 제기하거나 무죄임을 주장할 때
눈 부라리기	상대의 기를 꺽을 필요가 있을 때
멍하게 먼 산보기	뭔가를 상상하고 있을 때 또는 뭔가를 상상하고 있는 듯한 환상적인 인상을 심으려 할 때
토끼눈 뜨기	놀란 때나 면접관에게 놀랐다는 시늉을 전달할 때
눈짓(윙크)	상호간에 공모가 있음을 알리고 남들보다 가까운 사이임을 나타낼 때
가늘게 뜨기	피로감이나 지속적인 고민이 있음을 표현하기도 하고 면접관에게 측은지심을 발동시키기 위한 의도로 사용됨
안쳐다보기(한눈팔기)	상대를 경멸하거나 무시하고 있음을 나타내기 위해 시선을 거두는 것
깔보기	안 쳐다보기보다 더 적극적으로 경멸감을 표현하기 위해 곁눈질로 위쪽부터 훑어보다 아래쪽에서 멈추는 시선

· 눈 운동법

아름다운 표정을 가지려면 입 주위 못지않게 눈의 표정도 중요하다. 그러나 눈 또한 처음부터 원하는 표정을 갖기 어렵다. 따라서 눈에서 표정을 나타내려면 눈도 표정 연습을 해야 한다. 눈에 직접적으로 물리적인 훈련을 적용할 수는 없으므로 심리적 자극을 주는 방식으로 훈련한다. 먼저 거울을 보면서 자신의 눈이 웃을 때와 웃지 않을 때가 어떻게 다른지 체크해 보고 의식적으로 눈의 변화를 시도해 보는 것이다.

– 먼저 눈썹만 상하로 움직여 주는데, 눈썹을 힘껏 위로 올린 상태에서 다섯을 세고 원래대로 돌아와 세 번 반복한다. 이 운동은 눈매를 부드럽게 해준다.

– 눈동자를 시계방향으로 세 바퀴 돌려주고 다시 반대방향으로 돌려준다. 이 운동은 눈동자를 생기 있게 하고 눈의 피로를 풀어준다.

– 눈동자를 3시 방향에서 9시 방향으로 1분간 왕복운동하고, 12시 방향에서 6시 방향으로 왕복운동을 하여 눈동자를 생기 있게 하고 눈의 피로를 풀어준다.

– 사시 연습을 해보는 것인데 검지 손가락 끝을 양 눈 사이 10cm앞에서 50cm앞으로 왔다갔다하면서 응시한다. 이 운동은 까만 눈동자와 눈언저리 근육을 단련시켜 준다.

– 윙크를 멋지게 잘하는 사람은 대체로 눈의 표정이 풍부하다. 사람

에 따라 한쪽 눈이 다른 쪽 눈에 비해 윙크가 제대로 안 되는 경우가 있으나 거울을 보면서 좌우 눈을 번갈아 가며 윙크 연습을 반복적으로 하다보면 익숙해진다.

6) 음성만으로도 호감을 느낀다.

가끔 우리는 잘 알지 못하는 사람들로부터 전화가 받게 되면 상대방의 목소리에 유달리 친근감이 가는 경우도 있고, 발음이 정확하지 않아 의사 전달이 제대로 안되거나 음성이 거북하여 빨리 전화를 끊고 싶은 경우가 생긴다. 전화 목소리에 호감을 가지다 나중에 만나서 마음에 들어 결혼을 하는 경우도 있으며, 좋은 전화 목소리 하나만으로 직접 만나지 않고도 계약이 체결되는 경우도 있다. 이처럼 좋은 음성은 중요한 첫인상이 될 수 있다.

음성은 좋은데 옹알이 하듯 부정확한 발음은 무슨 글자인지 알 수 없게 쓴 글과 같이 답답하다. 사람의 음성은 생김새만큼이나 각양각색이다. 목소리는 타고난 것으로 생각하여 아예 단념할지 모르나 반복적인 훈련을 통해 90%이상 교정할 수 있다.

· 발성연습
발성연습은 정확한 발음을 내는데 도움이 된다.
· 가슴을 펴고 입을 크게 움직여 뱃속으로부터 나오는 목소리를 낸

다.

· 아래턱과 위턱을 부지런하게 잘 움직이는 것이다 (풍부한 표정연출에도 도움이 된다)

· 또박또박 말하기 위해서 자음이 추가된다.

· **어려운 말 연습**

정확한 발음을 구사할 수 있도록 연습해보고 특별이 안 되는 발음이 있다면 글자와 글자를 따로 연습하거나 자음과 모음을 따로 연습 후 붙여 발음하는것도 한가지 방법이 되겠다.

· 간장공장 공장장은 강 공장장이고, 된장공장 공장장은 공 공장장이다.

· 저기 있는 저 분이 박 법학박사이시고, 여기 있는 이 분이 백 법학박사이시다.

· 저기 가는 저 상장사가 새 상장사냐, 헌 상장사냐.

· 중앙청 창살은 쌍창살이고, 시청 창살은 외창살이다.

· 사람이 사람이라고 다 사람인 줄 아는가, 사람이 사람구실을 해야 사람이지.

· 한양 양장점 옆 한영 양장점, 한영 양장점 옆 한양 양장점.

· 저기 있는 말뚝이 말 맬 말뚝이냐, 말 못 맬 말뚝이냐.

· 옆집 팥죽은 붉은 팥 팥죽이고, 뒷집 콩죽은 검은 콩 콩죽이다.

· 멍멍이네 꿀꿀이는 멍멍해도 꿀꿀하고, 꿀꿀이네 멍멍이는 꿀꿀

해도 멍멍하네.

· 들의 콩깍지는 깐 콩깍지인가 안 깐 콩깍지인가, 깐 콩깍지면 어떻고 안 깐 콩까지면 어떠냐, 깐 콩깍지나 안 깐 콩깍지는 콩까지인데.

· 감정을 담은 화법 실습

연습을 할때 풍부한 표정과 맛깔스런 표현을 할 수 있다.

· 겨울이 지나고 봄이 되었습니다. 봄은 개나리꽃의 계절입니다.

개나리꽃이 피어남과 동시에 모든 것이 새로워진 느낌이 듭니다.

· 봄이 지나고 여름이 되었습니다. 여름은 바다의 계절입니다.

휴일 해변에는 많은 사람으로 붐빕니다.

· 여름이 지나 가을이 되었습니다. 가을은 들과 산의 계절입니다.

학교에서는 아이들이 소풍을 갑니다.

· 가을이 지나 겨울이 되었습니다. 겨울은 눈과 얼음의 계절입니다.

휴일에는 많은 사람들이 스키를 타러갑니다.

자기평가

순서	첫인상에 대한 평가	점 수				
		5	4	3	2	1
1	사람을 처음 만날 때 첫인상에 대하여 신경 쓰는가?					
2	사람을 처음 만날 때 면접관이 편하도록 배려하는가?					
3	사람을 처음 만날 때 복장을 단정히 하려는 노력은 하는가?					
4	하얀 이가 살짝 보이게 웃고 있는가?					
5	몸이 흔들리지 않은가?					

6	말을 할 때는 바른 자세로 말하는가?					
7	눈도 같이 환하게 웃고 있는가?					
8	음성은 남들이 듣기에 정확한가?					
9	음성에는 호감을 느낄 수 있는가?					
10	얼굴의 근육들은 내가 원하는 표정대로 움직이는가?					
11	나는 자주 웃는 편에 속한다.					
12	사람들이 내게 호감을 가지고 있는가?					
	합 계					

7) 옷차림은 전략이다.

옷을 입는 이유는 수치심을 가리고 외적인 아름다움을 드러내기 위해서뿐만 아니라 동시에 내적인 것을 밖으로 표현하기 위해서이다. 특히 우리나라 사람들은 사실이나 원칙보다는 감정이나 감성을 우선하는 경향이 있어 보여 지는 부분이 그 사람 자체의 평가에 큰 영향을 미친다.

더욱이 면접 시의 옷차림은 첫인상을 가름하는 중요한 변수 중의 하나다. 이는 일반적으로 옷 잘 입는 사람이 자기관리에도 철저하다는 인식이 확산되면서 면접옷차림도 자신의 감각을 표현하는 쪽으로 변화하고 있다. 그러나 면접 시 옷차림은 화려하고 고급스럽게 하는 것보다 깔끔하고 단정한 느낌으로 신뢰감과 호감을 줄 수 있는 옷차림이다. 따라서 면접 시 옷차림의 키포인트는 청결함을 강조하는 것이다.

· **여성**

<여성>

· 여성들의 면접 시 옷차림은 면접관을 배려하고 있다는 느낌을 주는 범위 내에서 자유롭게 의상을 고르되 연약한 여성의 이미지를 벗고, 똑똑하고 당찬 이미지를 주도록 옷을 입는 것이 좋다.

· 플랫칼라(목둘레선에서 바로 젖혀지는 칼라)나 테일러 칼라(신사복에서 볼 수 있는 남성적인 칼라의 총칭으로 오버코트, 수트 등에 쓰이는 칼라)가 달린 투피스 정장이 가장 단정하면서 깨끗한 이미지를 준다.

· 재킷 길이는 엉덩이를 살짝 덮는 정도가 보기 좋으며, 치마폭은 너무 좁거나 넓은 것은 좋지 않다.

· 가급적 무늬가 들어간 옷은 피하고 색상은 부드럽고 밝은 이미지를 줄 수 있도록 베이지나 밝은 녹색 계열 또는 블랙&화이트 정장과 같은 깨끗한 단색 옷을 선택한다.

· 노출이 많거나 신경이 쓰이는 부분이 있어 자꾸만 손이 가게되는 의상도 좋지않다.

플랫(Flat)칼라   테일러 칼라 정장

〈헤어스타일〉

· 자신의 얼굴형에 맞는 헤어스타일이 좋으나 보편적으로 커트나 단발 스타일은 깔끔하면서도 활동적인 직업여성의 이미지를 준다.

· 긴 머리의 경우에는 위로 올리거나 뒤로 묶는 것이 부드럽고 깔끔한 인상을 준다.

· 앞머리는 면접 시 눈을 가리지 않도록 주의한다.

· 짙은 염색이나 강한 웨이브, 지나치게 짧은 머리는 삼간다.

· 미용실에서 막 나온 듯한 인공적인 스타일도 거부감을 줄 수 있다.

〈화장〉

· 자신의 분위기에 맞게 자연스럽고 밝은 이미지를 표현하는 것이

중요하다.

· 파우더는 자신의 피부보다는 약간 밝은 톤으로 표현하고 번들거림이 없도록 한다.

· 눈썹은 자연스러운 곡선미를 살려 부드러운 느낌을 주도록 한다.

· 립스틱 색상은 너무 진하거나 어두운 색은 피하고 밝은 계통의 핑크색이나 베이지색이 좋다.

· 색조화장을 할 경우 브라운 톤은 이지적인 면을, 핑크 톤은 화사함을 표현하는데 효과적이다.

· 진한 톤의 블러셔를 이용한 입체화장은 피해야 한다.

· 매니큐어는 가급적 바르지 않는 것이 좋다.

〈핸드백 · 구두 · 스타킹 · 액세서리〉

· 당당함이나 지적인 분위기를 풍길 수 있도록 모두 같은 계열의 토탈코디로 연출하는 것이 좋다.

· 핸드백은 끈이 긴 것보다는 어깨에서 내려와 겨드랑이에 닿는 스타일이 어울린다.

· 구두는 검정이 무난하며 심플한 디자인으로서 하이힐이나 뒤축 없는 스타일보다 굽이 적당하고 발등을 약간 덮는 것이 알맞다.

· 스타킹은 망사나 칼라 스타킹은 피하고 겨울이라고 해서 타이즈와 비슷한 두꺼운 스타킹은 피하고 비치는 검정색상이나 커피색이 무난하다. 또한 올이 나가지 않았는지 신경을 써야 한다.

· 액세서리는 가급적 피하는 것이 좋으나 포인트를 살릴 경우에는 평범한 액세서리 등을 통해 자신을 돋보이고 잘 가꾸는 여성이라는 인상을 남기는 것도 중요하다.

· 남성

〈정장〉

· 남성 면접복은 감색과 회색의 2~3버튼 기본형 슈트가 무난하나 업종이나 기업에 따라 나름대로의 성향이 있으므로 그에 걸맞게 입는 센스가 필요하다.

· 감색은 모든 정장의 기본이 되는 색상으로 체형이나 상황에 구애받지 않고 가장 기본적으로 입을 수 있으며 셔츠와 타이와도 다양하게 매치된다.

· 회색은 안정된 느낌과 지적인 분위기를 준다.

· 외관상 자기만의 개성을 표현하는 데는 한계가 있는 만큼 셔츠와 타이의 V존 연출노 중요하다.

· 세일즈나 마케팅 등 영업직에 지원하는 사람은 대인 관계가 많은 직업인만큼 신뢰감을 줄 수 있는 감색 슈트를 입는 것이 무난하다.

〈넥타이〉

· 넥타이는 양복 및 셔츠의 색상과 조화를 이뤄야 하며, 넥타이를 맬 때는 선 자세에서 벨트를 살짝 가리는 정도의 길이로 하는 것이 좋다.

· 넥타이의 색상도 옷과 너무 대비가 심하거나 밝은 원색은 곤란하다.

· 감색이나 회색 슈트에 흰색 셔츠를 입고 와인 색 타이를 매면 기본적 차림이 된다.

· 세련된 느낌을 주고 싶다면 은은한 광택이 나는 회색이나 크림색 타이를 매면 된다.

· 감색 슈트에 푸른 색 셔츠를 입었을 때는 잔잔한 무늬나 단색의 넥타이가 좋다.

· 넥타이를 짙은 청색 계열로 매면 경망스러워 보이지 않으면서 차분하고 세련된 느낌을 준다.

〈헤어스타일〉

· 약간 짧은 듯하면서 단정하면서도 자연스러운 헤어스타일이 바람직하다.

· 젤이나 헤어스프레이 등을 이용하여 단정하게 마무리한다.

〈셔츠〉

· 흰색이 무난하지만 푸른색이나 베이지색 등 산뜻한 느낌을 주는 것도 좋다.

· 양복보다 밝은 색상을 선택하도록 한다.

· 셔츠의 칼라, 양복의 깃, 넥타이가 만나는 부분이 산뜻하고 단정한 느낌을 주어야 한다.

〈구두와 양말〉

· 검정색 구두가 단정하고 어떤 색의 양복과도 잘 어울린다.

· 양복의 색상이 갈색계열인 경우에는 갈색구두가 보다 잘 어울린다.

· 양말은 양복과 구두의 중간색이 적당하며, 흰색양말은 절대 피해야 한다.

〈넥타이핀과 커프링크스(necktie pin & cuff links)〉

· 넥타이핀은 넥타이가 흔들리거나 위치가 바뀌는 것을 막기 위하여 착용하는 것이 좋다.

· 넥타이 핀은 와이셔츠 4번째 단추 상, 하 2.5.cm에 착용하는 것이 보기 좋다.

· 넥타이 핀과 커프링크스는 단순하고 번쩍거리지 않으면서 지나치게 크지 않은 것이 좋다.

· 커프링크스는 와이셔츠 소매의 단추 구멍에 끼워서 단추보다 중후한 멋을 내기 위하여 사용한다.

· 커프스는 소매 아래로 레이스 주름이 보이던 것에서 유래하였으며 항상 소매 아래로 1.5Cm 정도 보이는 것이 적당하다 .

· 대학을 갓 졸업하고 취업을 위한 면접을 보는 자리에서는 넥타이 핀과 커프링크스는 하지 않는게 좋다.

제7장

취업의 비타민 자격증

현대는 바야흐로 본격적인 '자격증시대'와 '전문가시대'를 예고하고 있다. 그리고 자격증은 점차 세분화되고 전문화되어, 회사는 필요한 재원들을 자격증이라는 객관적 기준에 의하여 모집하게 될 것이다. 따라서 이러한 변화는 기업체 입사 원서 상에 큰 비중을 차지하던 '출신학교'란이 상대적으로 약화되고 '자격증'란이 대폭 강화되는 변화도 짐작할 수 있다. 이에 따라 자신의 개인적인 실력이 남들보다 뛰어남에도 불구하고 일류대 출신이 아니라는 점 때문에 취업 시에 불리함을 느꼈던 이들에겐 그 무엇보다도 반가운 일일 것이다.

특히 서울소재 상위권 대학 졸업자에 비해 심리적으로 큰 부담을 안았던 하위권 대학이나 지방대 출신 대학생에게는 크게 환영할만한 일이다. 이제부터는 회사에 입사할 때 'OO대학 출신' 보다는 'OO자격증 보유'라는 말이 더욱 영향력을 행사하는 시대가 올 것이다. 더욱이 사회 진출 시 남자에 비해 푸대접을 많이 받는 여성들에게는 보다 동등한 경쟁이 이뤄질 수 있는 여건이 마련된다는 점에서 더욱 긍정적인 측면을 지닌다.

이와 같이 자격은 노동능력에 관한 불완전성을 보충하는 기능, 즉 근로자의 능력을 사회적으로 인정하는 것이지 자격을 취득하였다고 하여 바로 높은 급여를 받을 수 있고, 높은 지위로 승진할 수 있거나 보다 나은 일에 취업한다는 것은 아니다. 자격을 선택할 때 먼저 자신의 적성과 흥미를 고려하고 그 다음에 취업, 전직이나 이직, 승진, 부업 등 목표에 맞게 선택하여야 한다.

1. 우리는 자격증 홍수 속에 살고 있다.

자격(資格)은 사전적 의미로 볼 때 '어떤 임무를 맡거나 일을 하는 데 필요한 조건'으로 나타나 있다. 그러나 외국의 경우 자격이란 원래 '개인이 특정 업무기능을 수행할 수 있는 능력 및 지식'으로 통용되고 있다. 따라서 한국에서의 자격은 개념상 좁은 의미로 사용되고 있음을 알 수 있다. 자격(Qualification)에 대한 OECD의 개념을 보면 '학습의 결과로 얻은 인정단위(unit of recognised outcome of learning)'로서 우리가 사용하는 일반적인 자격 개념보다 광범위하게 사용되고 있음을 알 수 있다. 자격기본법에서는 자격의 개념을 '일정한 기준과 절차에 따라 평가·인정된 지식·기술의 습득 정도로서 직무수행에 필요한 능력'으로 규정하고 있다. 따라서 자격은 경제·사회 환경의 변화에 따라 직업세계가 요구하는 능력으로 제대로 평가받고 인정받을 수 있어야 하며, 과거처럼 기술·기능인력 양성이라는 산업인력 양성적 개념에서 탈피하여 기초직업능력이 중요시되고 있는 현재의 사회적 분위기를 반영할 수 있어야 한다.

1) 자격의 기능 및 활용

가) 개인적 차원

자격은 자신의 능력을 개발하는 과정이며 어떤 업무의 역할을 수행하는 최소한의 조건이 성숙된 것을 증명하는 것이다. 이를 좀 더 구체적으로 보면 자격은 근로자가 충분한 직업능력을 갖추고 있음을 증명할 뿐만이 아니라, 신규근로자에게는 노동시장으로의 진입을 용이하게 하고, 재직 근로자에게는 고용안정과 지위개선 및 직무 만족 효과를 가져올 뿐만 아니라, 임금 상승효과로 인하여 소득안정을 자져올 수 있는 기능을 갖고 있다. 그 이유를 인적자본 이론에 따르면 교육·훈련을 통해 인간에게 인적자본이 축적되면 그만큼 개인의 가치가 높아지고 또한, 교육과 훈련이라는 투자에 소요되는 지출과 그에 상응하는 노동수익의 크기는 서로 상관관계가 있어 자격을 갖춤으로 노동수익이 높아지기 때문이다.

따라서 개인적 측면에서 볼 때 자격은 개인의 직업능력을 개발하고, 근로조건을 향상시키고, 아울러 고용효과(취직, 전직 등), 소득 향상(임금)효과, 커리어 향상효과(승진), 직무만족 효과 등을 발생시킨다.

나) 기업 차원

기업의 측면에서 볼 때 자격은 기술인력을 선발하는 기능을 하여 기업의 생산성 향상에 도움을 준다. 특히 자격을 중심으로 근로자를 선발하는 기능은 노동시장이 어떤 형태를 이루고 있느냐에 따라 달라지게 된다. 예를 들면 서구의 직무중심 노동시장에서는 자격이 직무와 깊은 연계를 이루기 때문에 통용성의 범위가 넓다. 따라서 산업단위나 직종단위에서 사회적으로 통용되는 자격은 근로자의 직업능력을 나타내는 지표로서 역할이 상대적으로 큰 편이다. 결국 기업의 입장에서는 자격을 통한 직원의 선발은 근로자들의 직무 능력이 향상됨으로 인하여 그 만큼 기업의 생산성이 증가하게 된다. 이는 곧 기업 차원에서의 수입의 증가를 의미하며, 기업은 이러한 잉여수입을 근로자에게 재환원하는 차원에서 임금에 영향을 주게 되어 기존의 근로자들에게도 직업능력개발의 동기를 부여하는 효과를 가져 올 수 있다.

다) 국가차원

자격은 인적자산의 가치를 평가하는 기준이 되며, 불완전한 노동시장에서 채용 및 해고할 때 드는 비용, 즉 전직비용(turnover cost) 및 거래비용(transaction cost)을 축소시킨다. 전직비용이란 신규직원을 채용할 때 드는 채용비용으로 경기가 나빠 감원 시 드는 해고 비용 등과 같이 직원교체로 드는 비용일체가 포함된다. 거래비용이란 거래로 인하여 발생하는 모든 비용으로 예를 들면 정확한 정보를 수집하기 위한 탐색비용 등을 말한다. 결국 비용의 감소는 경제주체로 하여금 효율적인 경제행위를 할 수 있도록 한다. 따라서 자격은 국가 차원에서 인적자본 정보의 정확한 탐색을 가능하게 하며 의사결정을 제고하기 위해 중요한 판단 자료가 된다. 나아가 노동시장에 불필요하게 지출하게 되는 각종 거래 비용을 낮추어 완전고용으로 접근할 수 있는 계기를 마련하여 노동시장의 효율성을 높이게 되는 계기를 제공한다. 결국 자격에 대한 국가 차원의 긍정적인 효과에 개인의 능력획득에 대한 측정과 기록수단으로서 자격제도는 설득력을 가지게 된다.

2) 자격의 종류

자격은 어떤 기준으로 분류하느냐에 따라 다양한 유형, 기능별, 분야별, 관리주체별 등으로 나눌 수 있으나 여기서는 관리 주체에 의한 분류로서 국가자격, 국가자격, 국가공인 민간자격, 민간자격으로 나누어 볼 수 있다.

국가 자격이나 국가 공인자격증은 국가 기관에서 직접 관리하는 것으로 국가적으로 공인을 받을 수 있어서 취업이나 창업에 중요한 역할을 한다. 그러나 오늘날 시대의 급격한 변화에 따라 정부가 민간에서 시행하는 민간자격 중에서 선별하여 국가공인 민간자격을 선정하여 국가 자격증과 같은 효과를 주고 있다. 과거에는 국가자격 만이 인정을 받고 사회 기관에서 시행하는 민간자격은 기피하는 현상이 있었지만 요즘은 국가공인 민간자격도 자격의 종류와 기업에 따라 취직 시 가산점과 특혜를 받을 수 있어 인기가 높아지고 있다.

우리나라의 자격 체계

관리주체	구분	법률	내용
국가자격	국가기술자격	국가기술자격법	−공단 및 상공회의소 위탁시행 −25개 기술분야
	국가자격	부처개별법령	−국가 혹은 민간 위탁 시행
민간 자격	국가공인 민간자격	자격기본법	−각 중앙행정부처에서 관리 순수민간자격 법적 근거 없음 −약 250여종 추정

2. 이왕이면 국가 자격을 따라

자격기본법 제2조2항에 의거하면 국가자격이라 함은 '법령에 의하여 국가가 신설하여 관리 운영하는 자격 '을 말한다. 국가자격은 국가기술자격법에 의한 기술자격(technical qualification)과 개별 법령에 의한 기타 국가자격을 포함하고 있다. 국가자격은 일반적으로 국가에서 법률로 정하여 검정을 국가가 직접 주관하는 경우가 있고 또한 검정을 특별법에 의한 공공기관에 위탁하여 시행하는 경우도 있다. 예를들면 대한상공회의소나 한국산업인력공단에서 노동부의 국가기술자격의 검정업무를 위탁 시행하고 있다. 우리나라에는 정부에서 국가자격을 관장하고 있으나, 앞으로는 상당부분 민간자격을 일정한 요건을 갖추면 국가가 공인하는 국가공인을 주는 방향으로 가고 있다.

자격비교표

구 분	종목수	관 련 기 관	비 고
국가기술자격법에 의한 자격현황	약64개	한국산업인력공단 대한상공회의소	
개별법령에 의한 국가자격 현황	약 115개	교통안전공단, 한국보건의료인 국가시험원 등 67개 기관	13개 부처 등
국가공인 민간자격 현황	39	한국정보통신산업협회, 한국세무사회, 한국수목 보호연구회 등 23개 기관	7개 부처청 관리
민간자격 현황	수천개	한국생산성본부, 한국금융연수원, 한국외국어능력평가원 등	

1) 국가 기술자격

국가 기술자격은 한국산업인력공단과 상공회의소가 노동부의 국가 기술자격의 검정업무를 위탁받아 시행하는 자격이다. 국가 기술자격은 우리나라 기술 발전에 지대한 발전에 기여하였으며, 산업인력관리 공단에서 시행하는 국가 기술자격은 이공계 관련 업종의 취업을 위해서는 필수적으로 따야 하는 자격이다. 요즘은 상공회의소에서 시행되고 있는 서비스 관련 자격이 사무분야 및 관공서 취업에서 가산점을 주거나 특혜를 주고 있어 인기를 얻고 있다.

가) 한국산업인력공단에서 시행하는 자격

한국산업인력공단에서는 주로 국가 기술 자격 관련 자격을 다루고 있다.

기술분야별 자격 내용

건축	거푸집기능사, 건축구조기술사, 건축기계설비기술사, 건축기사, 건축도장기능사
공예	가구도장기능사, 가구제작기능사, 광고도장기능사, 귀금속가공기능사, 귀금속가공기능장
광업자원	광산보안기사, 광산보안산업기사, 광산차량기계운전기능사, 광산환경기능사, 굴착산업기사
교통	교통기사, 교통기술사, 교통산업기사
국토개발	도시계획기사, 도시계획기술사, 조경기능사, 조경기사, 조경기술사
금속	금속재료기술사, 금속재료산업기사, 금속재료시험기능사, 금속제련산업기사, 냉간압연기능사
기계	가스용접기능사, 객화차정비기능사, 객화차정비산업기사, 건설기계기관정비기능사, 건설기계기술사
농림	과수재배기능사, 농화학기사, 농화학기술사, 목재가공기능사, 목질재료기능사
산업디자인	시각디자인기사 , 시각디자인산업기사, 제품디자인기사, 제품디자인기술사, 제품디자인산업기사, 컴퓨터그래픽스운용기능사
환경	대기관리기술사, 대기환경기사, 대기환경산업기사, 소음진동기사, 소음진동 기술사
화공및 세라믹	고분자 제품기술사, 고분자제품제조기능사, 고분자제품제조산업기사, 공업화학기사, 공업화학 기술사
통신	무선설비기능사, 무선설비기사, 무선설비산업기사, 방송통신기능사, 방송통신산업기사, 정보기기운용기능사, 정보통신기사, 정보통신기술사, 정보통신산업기사
토목	건설재료시험기능사, 건설재료시험기사, 건설재료시험산업기사, 농어업토목기술사, 도로및공항기술사
산업응용	선박기계기술사, 선박기관정비기능사, 선박설계기술사, 선체건조기능사,

	선체의장기능사
섬유 음,식료품	방사기사, 방사기술사, 방사산업기사, 방적기능사, 방적기술사
	복어조리기능사, 양식조리기능사, 일식조리기능사, 제과기능사, 제과기능장, 제빵기능사, 조리기능장, 조리산업기사, 조주기능사, 중식조리기능사, 한식조리기능사
안전관리 에너지	가스기능사, 가스기능장, 가스기사, 가스기술사, 가스산업기사
	방사선관리기술사, 핵연료기술사, 열관리기사, 열관리산업기사, 원자력기사, 원자력발전기술사
위생	미용사, 미용장, 세탁기능사, 이용장, 이용사
자동차	자동차 검사기사, 자동차 검사 산업기사, 자동차 검사기능사, 자동차 정비기사, 자동차 정비산업기사, 자동차 정비기능사
전기	건축전기설비기술사, 발송배전기술사, 전기공사기능사, 전기공사기능장, 전기공사기사
전자	공업계측제어기능사, 공업계측제어기사, 공업계측제어산업기사, 공업계측제어기술사, 전자계산기기능사 전자계산기기사, 전자계산기기술사, 전자계산기산업기사, 전자기기기능사, 전자기사 전자산업기사, 전자응용기술사
정보처리	전자계산기조직응용기사, 전자계산기조직응용산업기사, 전자계산조직응용기술사, 정보관리기술사, 정보기술산업기사, 정보처리기능사, 정보처리기사, 정보처리산업기사
조선	선박기계기술사, 선박기관정비기능사, 선박설계기술사, 선체건조기능사, 선체의장기능사

등급별 검정방법 및 응시자격

등 급	응 시 자 격	검 정 방 법
기 술 사	필기 · 면접시험	− 기사자격 취득 후 실무경력 4년 − 4년제 대학 졸업 후 실무경력 7년 − 전문대학졸업 후 실무경력 9년 − 실무경력 11년
기 능 장	필기 · 실기시험	− 산업기사 또는 기능사자격 취득 후 기능대학 기능장 과정 이수자

		– 산업기사 취득 후 실무경력 6년 – 기능사자격 취득 후 실무경력 8년 – 실무경력 11년
기 사	필기·실기시험	– 산업기사 취득 후 실무경력 1년 – 기능사자격 취득 후 실무경력 3년 – 4년제 대학 졸업자 – 전문대학 졸업 후 실무경력 2년 – 실무경력 4년
산업기사	필기·실기시험	– 기능사자격 취득 후 실무경력 1년 – 전문대학 졸업자 – 국제대회입상자 및 명장으로 선정된 자 – 실무경력 2년
기 능 사	필기·실기시험	– 학력·경력 제한 없음
기초사무	필기·실기시험	– 학력·경력 제한 없음

나) 상공회의소에서 시행하는 자격

상공회의소는 주로 서비스 관련 자격을 담당하고 있으며, 상공회의소에서 시행하는 자격의 종류는 다음과 같다.

상공회의소에서 시행하는 자격

시행처	종류
대한상공회의소	무역영어1급,2급,3급 비서2급,3급 세무회계1급,2급,3급 워드프로세서1급,2급,3급 전산회계사2급,3급 전자상거래관리사2급 컴퓨터활용능력 1급,2급,3급 판매관리사1급,2급,3급 한글속기(컴퓨터)1,2,3급

2) 국가자격

국가자격은 일반적으로 국가에서 법률로 정하여 검정을 시행하는 자격이다. 각 부처별 개별법령에 의거하여 해당 부서가 직접 주관하여 국가 혹은 민간 위탁 시행하고 있으며, 2000년 기준 67개 기관에서 114종목이 시행되고 있다.

국가자격의 종류

시행처	종류
건설교통부	감정평가사 건축사 공인중개사 도로교통 안전관리자 물류관리사 삭도교통 안전관리자 선박교통 안전관리자 주택관리사보 항공조종사
교통안전공단	[항공종사자]운송용조종사 [항공종사자]사업용조종사 [항공종사자]자가용조종사 [항공종사자]항공기관사 [항공종사자]항공교통관제사 [항공종사자]항공정비사 [항공종사자]항공공장정비사 [항공종사자]운항관리사 도로교통안전관리자 삭도교통안전관리자 선박교통안전관리자 철도교통안전관리자 항공교통안전관리자 항만하역교통안전관리자
문화관광부	도자기공예산업기사 무대기계전문인 무대예술전문인무대음향전문인 무대조명전문인 박물관(미술관)1급정학예사 박물관(미술관) 2급정학예사 박물관(미술관)3급정학예사 박물관(미술관)준학예사 청소년 지도사 사서
한국원자력 안전기술원	방사성동위원소취급(감독) 방사성동위원소취급(일반) 방사성동위원소취급(특수) 원자력조종감독자 면허 원자로조종사 면허 핵물질취급 면허
특허청	변리사
한국관광공사	관광통역안내원 호텔지배인1,2급 호텔총지배인
금융감독원	공인회계사 보험계리인 보험중개인 손해사정인
노동부	공인노무사 국제회의기획전문가1급,2급 국제회의기획전문가3급

한국해양수산부	기관사 소형선박조종사 운항사 통신사 항해사
국민체육진흥공단	1급 경기지도자 2급 경기지도자 1급 생활체육지도자
체육과학연구원	2급 생활체육지도자 3급 생활체육지도자
금융감독원	공인회계사 보험계리인 손해사정인 보험중개인
농림부	가축인공수정사 농업사 어업사 임업사 전통식품명인
농수산물유통공사	경매사
문화재청	문화재수리기술자 문화재수리기능자
법무부	법무사
보건복지부	간호 조무사 사회 복지사안마사 정신보건임상심리사
국세청	세무사 주조사
한국경영기술 컨설턴트협회	경영지도사 기술지도사
한국가스안전공사	가스시설 시공관리자 온수보일러 시공자
행정안전부	행정사
국립보건원	안경사 임상병리사
교육인적자원부	사서교사 실기교사 양호교사 전문상담교사 평생교육사 1급,2급,3급 유치원정교사 초등학교정교사 중등학교정교사 특수학교정교사
국립수의과학검역원	수의사
산림청	영림기술자
산업자원부 [한국인정원]	ISO9000인증심사원 ISO14000인증심사원
정보통신부 [무선관리단]	아마추어무선기사 항공무선통신사 해상무선통신사 육상무선통신사 제한무선통신사
한국산업인력공단	일반경비지도사 기계경비지도사
한국보건의료인 국가시험원	안경사 의무기록사 간호사 조산사 의사 치과의사 한의사 약사 한약사 영양사 위생사 응급구조사(1급2급) 의지보조기기사 방사선사 위생시험사 임상병리사 치과위생사 치과기공사 작업치료사 한약조제사
해양수산부(한국해양 수산연수원)	기관사[해기사] 소형선박조종사[해기사] 운항사[해기사] 기관사 통신사[해기사] 항해사[해기사] 의료관리자[해기사]

3. 민간 자격은 검증이 필요하다

　민간 자격은 말 그대로 민간단체에서 관리하여 자격을 주는 자격제
도이다. 오늘날 시대의 변화에 따라 다양한 민간 자격들이 생겨나고
있다. 이러한 민간 자격은 산업체 수요와 교육, 자격과의 연계가 이루
어진다는 점에서는 긍정적이다. 하지만 한 분야에 여러 개의 민간 자
격이 난립해 당분간은 혼란을 겪을 것으로 보인다. 예를 들면 현재 민
간단체 사이에서 실시하고 있는 인터넷 인증 시험의 경우 여러 군데에
서 비슷비슷한 내용으로 실시하고 있어 혼선을 빚고 있다. 그러나 다
행하게 민간자격 중에서 건실하고 공평하게 운영되는 자격을 선정하
여 국가공인 하는 제도가 생겨나 차별화하고 있다.

1) 국가공인자격

　민간자격 국가공인제도는 자격기본법에 따라 국가 외의 법인단체 또는 개인이 운영하는 민간자격 중에서 사회적 수요에 부응하는 우수 민간자격을 한국직업능력개발원의 조사 연구과정을 거쳐 국가가 공인해 주는 제도이다. 자격기본법에 따라 새로이 도입된 자격제도로서 국가가 국가 이외의 법인, 단체 또는 개인에게 자격을 신설할 수 있는 권한을 주어(기본법 제15조) 민간자격을 줄 수 있도록 하고, 그 자격에 대하여 국가로부터 공인 받을 수 있도록 한다. 공인된 민간 자격을 취득한 자는 국가자격을 취득한 자와 동등한 대우를 받을 수 있다.

　이 제도의 도입 배경은 자격기본법의 제정을 통하여 산업사회의 발전에 따른 다양한 자격 수요에 부응하고, 자격제도 관리 주체를 다원화하며, 자격제도 관리 · 운영의 체계화와 효율화를 도모하여 자격제도의 공신력을 제고함으로써 국민의 평생직업능력개발 촉진과 사회경제적 지위 향상을 도모하고자 하는 데 있다.

　이 제도의 도입 취지는 민간자격제도의 활성화를 통한 국민 전반의 직업능력 향상, 국가 차원에서 민간자격제도의 활성화 지원, 민간자격의 공신력 제고, 민간자격간의 질 추구를 위한 경쟁 체제 도입, 국가자격과 민간자격간 경쟁 체제 도입을 통한 자격제도 전반의 발전 추구를 목적으로 한다. 국가 공인 자격은 아래에서 보는 바와 같이 2000년도부터 2002년까지 39개의 자격이 국가 공인 자격이 되었다.

2) 민간자격

　산업사회의 고도화에 따라 지식·기술의 수명이 단축되고 직업의 분화가 심화되는 추세에서 특정분야에 필요한 고정적인 기술이나 기능습득을 증명하는 국가독점 기술자격만으로는 산업사회변화에 신속하게 탄력적으로 대응이 어려워지고, 노동시장 유연화와 국가인력수급의 효율화를 위한 자격제도의 개편, 국가인력양성과 자격시장의 경쟁력 및 민간부문의 역할제고의 필요에 의해 민간자격이 만들어져 현재 수도없이 만들어져 시행되고 있다.

　민간자격은 1997년 3월 27일 제정된 "자격기본법(법률 제5314호)"에 의거하여 국가 이외의 법인·단체 또는 개인은 누구든지 민간자격을 신설하여 주는 자격을 의미한다. 다만 기본법 제16조에 의하여 사회질서에 반하거나 선량한 풍속을 해할 우려가 있는 분야와 국민의 건강, 생명 및 안전에 직결되거나 고도의 윤리성이 요구되는 분야에 대하여는 개별 법령에 따라 민간자격의 신설 관리 운영을 제한하고 있다.

　민간자격은 민간단체에서 자기들의 성격을 나타내는 자격증을 만들기도 하고 수익을 위해서 만들기도 한다. 민간자격은 어떠한 기준이나 규정이 없어서 쉽게 만들 수 있기 때문에 그 종류를 정확히 가늠하기도 어렵다. 그러나 이러한 민간 자격증은 사회적으로 직업능력을 향상시키는데도 기여를 많이 했지만 학습자들은 그 자격의 확실한 규모나 효과를 알 수 없기 때문에 그 피해도 심각하다. 노동부에서는 이러한 자격의 피해를 막기 위해 직업능력개발원에서 등록업무를 하고 있다. 따라서 민간자격일도 최소한 직업능력개발원이 등록된 자격증을 선택해야한다.

3) 외국 기업 자격증

국가 공인의 거창한 이름도 좋지만 외국기업이 공들여 운영하는 자격 인증제도가 훨씬 효과적일 수도 있다. 마이크로소프트, 오라클, 오토데스크, 노벨 등 정보통신 각 분야에서 최고의 전문성을 인정받고 있는 기업들이 발부하는 자격증은 정부 공인과는 비교가 안될 만큼 실질적인 상품가치를 발휘한다. 이들 기업은 자사 제품을 제대로 사용할 줄 아는 인력을 정확하게 선별해 자격을 부여함으로써 업계가 필요한 인력을 마음 놓고 채용할 수 있도록 신뢰를 쌓아왔다. 이를 위해 교육환경을 갖춘 학원을 공식 지정, 후원을 아끼지 않는 한편 자격증을 받은 인력의 취업을 책임지는 등 자격증의 품질유지에 지대한 관심을 쏟고 있다. 그야말로 전 세계에서 통용되는 국제 라이센스이다.

외국 기업 자격증

시행기관	자격증 종목
어도비	ACE(Adobe Certified Engineer)

노벨	CEN(Certified Novell Engineer)
오라클	DBA(DaraBase Administrator)
썬마이크로시스템즈	SCJP(Sun Certified Java Programmer)
마이크로소프트	MCP(Microsoft Certified Professsionl), 마우스
시스코시스템즈	CCIE(Cisco Certified Internetwork Expert)
오토데스크	AC(Auto Cad)
IBM	IBM CS(Certified Specialist)
컴팩	ASE(Accredited System Engineer)
3COM	3Wizard

4. 자격증이 꿈을 이루어준다.

1) 공무원 시험 시 가산 점수 부여

오늘날 경기가 어려워지면 구직자들은 미래를 보장받을 수 있는 평생직장을 원하게 되었다. 따라서 60세-62세까지 정년을 보장받는 공무원은 인기 있는 직업일 수밖에 없다. 경쟁률이 400대 1이 넘는 요즘 자격증이 부여하는 가산점을 통하여 우리의 꿈을 이루어야겠다. 취업정보업체 헬로잡(www.hellojob.com)은 최근 매출액 100대 대기업 중 71개사 인사담당자를 대상으로 '서류전형 시 자격증 평가여부' 에 대해 조사한 결과 서류 전형 시 자격증 유무를 평가에 반영하는 기업은 73.2%(52개사)로 나타났다고 밝혔다. 반면 서류 전형 시 자격증 유무를 평가에 전혀 반영하지 않는 기업은 26.8%(19개사)였다. 구체적으로는 '서류 전형 시 자격증을 필수항목으로 보는 기업'은 14.1%(10개사)로 주로 금융. 건설업종에 많았으며 '서류 전형 시 자격증에 가점을 주는 기업'은 46.5%(33개사)로 전 업종에 골고루 분포돼 있었다. 서류 전형 시 자격증을 참고사항으로만 보는 기업'은 12.6%(9개사)였다.

공무원 시험 시 가산 점수

직무분야	채용계급	자격증 등급별 가산비율						
통신·정보 처리 분야 자격증	일반직 6·7급, 연구사, 지도사	정보관리기술사, 전자계산조직응용기술사, 정보처리기사, 전자계산기조직응용기사	3%	사무자동화산업기사 정보처리산업기사 정보기술산업기사 전자계산기조직응용 산업기사	2%			
	일반직 8·9급	정보관리기술사, 전자계산조직응용기술사, 정보처리기사, 전자계산기조직응용기사, 사무자동화산업기사, 정보처리산업기사, 정보기술산업기사, 전자계산기조직응용산업 기사	3%	정보기기운용기능사 정보처리기능사	2%			
사무관리 분야 자격증	일반직 6급 이하	컴퓨터 활용능력 1급,	2%	워드프로세서 2급, 컴퓨터 활용능력 2급	0.5	워드프로 세서 2급, 컴퓨터 활용능력 3급	0.25	워드프로 세서 3급	0.15
	연구사, 지도사 5급				0.25		0.13		0.08

6급 이하 (연구직. 지도직 포함) 기술직 및 기능직 가산대상 자격증

구분	6 · 7급, 연구사, 지도사, 기능직 기능 7급 이상		8 · 9급, 기능직 기능8급 이하	
	기술사, 기능장, 기사	산업기사	기술사, 기능장, 기사, 산업기사	기능사
가산 비율	5%	3%	5%	3%

2) 학점 은행제에서 학점으로 인정

학점은행제는 고등학교를 졸업하고 대학교육 기회를 갖지 못한 직장인, 주부, 근로자 등이 대학에 정식으로 입학하지 않고도 대학부설 사회교육원 · 사설학원 등에서 틈틈이 공부해 학위를 취득할 수 있는 제도다. 또 대학을 중퇴하거나 이미 학위를 갖고 있지만 새로운 분야의 전공을 공부하려는 사람들도 학점은행제를 통해 학위를 받을 수 있다.

교육부는 그동안 1, 2차에 걸쳐 모두 231개 기관의 1800여 과목을 학점은행제 시범운영 학습과정으로 지정했다. 이들 교육기관에서 여건에 맞는 대로 학점을 얻어 은행에 저축하듯이 모아 학위를 받을 수 있다. 그러나 의학 · 약학 · 사범계 등 전문적인 분야는 제외됐다.

대학졸업학력은 140학점 이상, 전문대학 졸업학력은 80학점 이상을 이수해야 한다. 그러나 교육부는 연간 인정받을 수 있는 최대학점을 대학과정 36점, 전문대과정 40점으로 정했다.

국가기술자격취득자에게 학점 은행제를 이용하여 학위취득이 가능하도록 "학점인정 등에 관한 법률"을 제정하여 학점을 인정해 주고 있다.

학점 은행제 인정 기준

자격증	기술사	기사	산업기사	워드프로세서1급	부기1급	비서2급
학점	45학점	39학점	24학점	12학점	8학점	4학점

동일종목에 여러 개의 자격증을 동시에 보유할 경우 상위자격은 100%, 그 아래자격은 75%, 50%, 25%의 순으로 인정된다.

3) 교원 임용고시에 가산점부여

교원임용고사에서 가산점은 필답시험 점수와는 별도로 반영하고 있으며 시험 당락에 있어 그 중요성이 해마다 높아지고 있다. 이러한 추세는 수험생들 간에 성적이 상향평준화 되었고 경쟁률이 치열해졌다는 것을 말하는 것을 말한다. 가산점의 역할이 중요해진 만큼 이에 대한 준비도 시험 못지않게 철저히 하여 높은 점수를 얻도록 해야겠다. 국가 자격증 가산점 종류와 대상자 및 부여방식을 표로 나타내면 다음과 같다.

교원 임용고시 가산점

지역	자격증	외국어
서울	-정보처리기사1급: 3점 -정보처리기사2급 :2점 -워드프로세서1급, 기능사 1급: 2점 -워드프로세서2, 3급, 기능사2급 컴퓨터활용 2. 3급: 1점	-TSE-P취득 점수: 0~30점 -영어과 응시자에 한함 -TOEFL취득 점수: 1-7점 (500~620: 20점당 1점)
경기	-정보처리산업기사이상/서비스분야 1,2급: 2점 -정보처리기능사2급/서비스분야 3급: 1점	전공교과 박사학위 소지자: 7점
인천	*응시교과관련 국가기술자격증소지자 중 교원경력 없는 자 (의상.정보.컴퓨터.디자인과에 한함) -정보처리기술사, 기능장, 기사, 산업기사 : 3점 -정보처리기능사 · 워드컴퓨터활용 1급 : 2점 -워드 · 컴퓨터활용능력 2-3급: 1점	영어교과 중 TSE-P 취득성적: 1~5점(30점~55점) 영어교과 제외한 전 교과 응시 자 중 TSE-P, TOEFL, TOEIC취득자: 1-3점
대구	-정보처리기사 이상 : 4점 -정보처리 산업기사: 3점 -정보처리 기능사 또는 워드프로세서 컴퓨터 활용능력 3급 이상 : 2점	TSE-P, TOEIC, TOEFL 취득점수: 1-5점(영어과는 TSE-P점수에 한함)
충남	*응시과목관련 자격증 소지자(농업계열) -기술사 · 기사 1,2급, 기능사1급: 2점 -기능사2급: 1점 -워드3급 이상, 정보처리 기능사2급 이상 자격소지자는 컴퓨터 실기평가면제(만점부여)	-1차 시험일 현재 충남 소재사립 중등학교 또는 산업체부설학교에 재직 중인 교사:5점
전남	*응시교과 관련 -기사1급 : 3점 -기사2급, 기능사1급 : 2점, -기능사2급 : 1점 *정보처리분야 -기사 · 기능사1급: 3점,	TSE-P, TOEFL TOEIC : 1~5점 영어교과는 TSEP에 한함

	−기사2급, 기능사2급, 워드1급 : 2점 −워드2, 3급 : 1점	
울산	−정보관리, 전자계산 조직응용 기술사, 정보처리, 전자계산기 조직응용기사 : 3점 −정보처리 · 정보기술 · 전자계산기 조직응용산업기사 : 2점−정보처리 기능사 : 1점 −워드(1급: 1.5, 2급: 1, 3급 0.5점) 컴퓨터 활용능력 (1급: 2점, 2급: 1.5점, 3급: 1점)	TSE−P, TEPS: 1~5점 (98.12.12 이후 취득한 점수에 한함 전 교과 해당)
충북	*응시교과관련 자격증 −기술사, 워드1급, 컴퓨터활용능력 1급 : 3점 기술사3급, 기사1급, 워드2급, 컴퓨터활용능력 3급: 2점 *정보처리 기능사, 정보기기운용기능사, 워드3급: 1점	TEP−S, TEPS, TOEFL, TOEIC 1~5점(영어과에 한함)
강원	*정보처리 분야 자격증 −정보처리기사(산업기사, 기술사 포함)이상: 3% −정보처리기능사, 기능장 이상: 2% 정보처리 운용기능사, 컴퓨터활용능력 3급, 워드 2급: 1점(중복 시 택일)	TOEFL, TOEIC: 1~5점
경남	−정보처리기사1급 이상: 3점 −정보처리 기사2급 기능사1급: 3점 −정보처리 분야 산업기사, 워드1급: 2점 정보처리분야기능사, 워드 3급: 1점	−TSE−P, TOEFL, TOEIC 취득점수: 1−5점 (중복 시 택일)
부산	−산업기사: 5점 −기능사, 정보관리 기술사, 정보처리 산업기술, 정보기술산업기사, 전자계산기 조직 응용산업기사: 3점 −정보처리기능사, 워드, 컴퓨터활용능력 1,2,3급: 2점	TSE−P, TOEFL, TOEIC, TEPS취득점수 (1−5점)중복 시 택일
제주	−정보처리기사 1급: 3급 산업기사, 정보처리기능사 1급, 워드1급: 2급 기능사2급, 워드 컴퓨터 활용 2, 3급: 1점	
광주	*응시교과 관련, 정보처리 관련 자격증은 공통가산	TEPS, TOEFL, TOEIC1~5점

	-기사1급 이상: 4점 -기사2급 또는 기능사1급: 3점 -기능사2급: 2점 워드프로세서3급이상 자격소지자 2차 컴퓨터 실기시험 면제	영어과목 응시자는 TSE-P에 한함
인천	*응시교과관련 국가기술자격증소지자 중 교원경력없는자(의상.정보.컴퓨터.디자인과에 한함) 정보처리기술사.기능장.기사.산업기사: 3점 정보처리기능사,워드컴퓨터활용1급 : 2점 워드.컴퓨터활용능력 2-3급: 1점	영어교과 중 TSE-P취득성적: 1~5점(30점~55점) 영어교과 제외한 전 교과 응시자 중 TSE-P, TOEFL, TOEIC취득자: 1-3점
대전	*정보처리 분야 자격증 -정보처리분야 기사 및 기능사1급: 5% -기능사2급 이상: 4% -워드프로세서 1급: 3%, 2급: 2%, 3급: 1% (두 가지 이상 소지 시에는 택일) *기계교과 응시자중 관련 자격증 -기술사 기사1,2급기능장 및 기능사1급: 3% -기능사 2급: 2%	영어교과 TSE-P1~5점

4) 외국에 이민 갈 때 중요한 변수

외국에 이민 갈 때 이제는 자격조건을 까다롭게 조사한다. 그래서
이민을 가고자 해도 조건이 되지 않아 가지 못하는 경우가 많다. 그러
나 이러한 문제를 해결해 줄 수 있는 것도 바로 자격증이다. 나라별로
그 조건들은 각기 다르지만 국제 자격증을 취득하거나 조리사 자격증
을 취득하면 아주 까다로운 미국이민에서도 많은 도움이 되고 있다.
조리사 자격증을 가진 사람은 다른 사람에 비하여 쉽게 일자리를 얻거

나 바로 창업할 수 있기 때문에 이민을 가는 사람들에게 아주 인기 있는 자격증이다.

5) 대학 특별전형 혜택

요즘 취업이 안 되다 보니 대학을 다시 진학하는 사례가 증가하고 있다. 기존의 학력 가지고는 취업하기 어렵기 때문에 새로운 학력이 필요하기 때문이다. 그러나 대학에 들어가기 위해 수능에 출제되는 전 교과목을 다시 공부하기란 쉬운 일이 아니다. 하지만 이러한 노력 대신 간단한 자격증 하나로 쉽게 대학 입학을 할 수 있게 되었다. 그것이 바로 특별전형 제도이다. 특별전형은 국가기술자격증 즉 기능사 취득자에게 주는 혜택으로 전문대학, 산업대학 또는 정규대학(야간)에서 학교에 따라 입학정원 30~50%(최대 80%)의 인원을 정책적으로 입학할 수 있도록 배려한 제도이다.

· 전문대학에서 4년제 대학으로 진학방법

자격증 공부로 기능사자격증 취득 ⇒ 전문대입시 특별전형으로 입학 ⇒ 기사2급자격증 취득 ⇒ 4년대 or 산업대 편입(자격증 소지자 가산점 20% 이상)

· 지원하고자 하는 학과가 적성에 맞지 않을 시 타 학과에 응시할

수 있음.

- 자격증과 동일학과에 편입 시 3학년 과정부터 수업
- 자격증과 다른 학과에 편입 시 2학년 과정부터 수업

6) 기타 효과

가) 자격증 수당

회사에 따라서 취득한 자격증에 대하여 월급 외에 고정적으로 자격증 수당을 주는 곳이 있다.

나) 군 기술병 입대

기술관련 자격 중에는 취득과 함께 군대에 입대할 때 일반 보병으로 가는 것이 아니라 군 기술병으로 입대를 하여 군대 생활을 경력 생활로 만드는 기회가 될 수 있다.

5. 자격증 골라 따야한다.

앞에서 제시하였듯이 자격증이 남발되고 있는 시점에 어떤 자격증이 유익하고 유익하지 않은가에 대한 기준을 갖기가 어렵다. 따라서 자격증을 선택하기 위해서는 다음과 같은 기준을 가지고 선택한다면 여러분들이 원하는 자격증을 얻을 뿐 아니라 자격증 하나가 여러분들의 미래를 보장해 줄 것이다.

가) 선발예정인원을 미리 공고하는 자격증을 선택하라.

국가공인 자격 중 시행부서에서 인력수급의 적정을 기하기 위하여 미리 인력수요를 예측하여 필요한 인원을 산정·공고하는 자격증이 있다. 이 자격증의 경우 공급은 일정 인원으로 제한되고 수요는 증가

273

하게 되어 상대적으로 취업이 용이하고 높은 임금을 받게 되는 경우가 많다. 그러나 자격증을 취득하지 못할 경우 시간적, 경제적 손실이 크기 때문에 자신의 능력을 고려하여 신중하게 선택해야 한다.

(감정평가사, 공인중개사, 물류관리사, 주택관리사, 경비지도사, 관세사, 보험계리사, 손해사정인, 공인노무사, 공인회계사, 변호사, 법무사, 세무사, 변리사, 도선사, 행정사)

나) 개업가능한 자격증을 선택하라.

경제가 발전하면서 인간의 평균수명이 연장되는 반면 정년이 단축되고, 기업의 구조조정으로 인한 이직·전직이 빈번해지고 있다. 따라서 연령에 제한 없이 정년 후 또는 퇴직 후 계속적인 직업 활동을 영위할 있는 개업가능 자격증에 도전하는 것도 좋은 방법이 될 수 있다.

〈개업 가능한 자격증의 종류〉

감정평가사, 건축사, 공인중개사, 관세사, 보험계리인, 보험중개인, 손해사정인. 공인노무사, 산업안전지도사, 산업위생지도사, 가축인공수정사, 수의사, 변호사, 법무사, 안경사, 안마사, 약사, 의사, 전문의, 조산사, 치과의사, 한약사, 한약업사, 한의사, 공인회계사, 세무사, 경영·기술지도사, 변리사, 소방시설관리사, 행정사)

다) 법적 의무고용조항이 있는 자격증을 선택하라.

국가자격 중 많은 자격증이 관련법에 의해 자격취득자을 보유토록 규정하고 있어 이러한 자격증 취득하고 있으면 취업 시 유리할 뿐만 아니라 일정비율의 자격취득자는 안정적인 직업생활을 유지할 수 있는 장점이 있다. 그러나 업체당 필요한 자격취득자가 1~2명에 불과하기 때문에 기업체 현황과 자격취득수를 고려하여 선택해야 한다. 예를 들어 안전관리분야와 환경분야의 자격증이 이에 해당된다.

〈안전관리 · 환경분야 자격증 종류〉

산업안전기사, 산업안전산업기사, 건설안전기사, 건설안전산업기사, 산업위생관리기사, 산업위생관리산업기사, 소방설비기사, 소방설비산업기사, 가스기사, 가스산업기사, 가스기능사, 대기환경기사, 대기환경산업기사, 수질환경기사, 수질환경산업기사, 소음진동기사, 소음진동산입기사, 폐기물처리기사, 폐기물처리산입기사 등

라) 최근 신설된 자격증을 선택하라.

최근 몇 년 동안 많은 자격증이 신설되거나 폐지되었다. 이중 신설 자격증의 경우 자격취득자의 필요성에 의해 신설되었으며, 자격취득에 따른 경쟁률이 낮고 사회적으로 희소성이 있어 발전가능성이 높다고 할 수 있다.

(직업상담사, 사회조사분석사, 전산회계사, ISO9000인증심사원, ISO14000인증심사원, 보험중개인, 전산응용건축제도기능사, 실내건축기능사, 시각디자인기사, 시각디자인산업기사, 컴퓨터그래픽스운용기능사, 철도차량기술사, 전기철도기술사, 메카트로닉스기사, 산림공학기사, 산림공학산업기사, 교통산업기사, 생물공학기사, 광학기능사, 프라스틱성형가공기능사)

마) 직업 변천에 따른 고용증가 직업과 관련된 자격증을 선택하라.

앞으로 시대의 변화가 급변함에 따라 직업이 생겨나거나 고용이 증가되는 업종이 생기게 된다. 따라서 고용증가가 예상되는 직업과 관련된 자격증을 선택하는 것도 좋은 방법이 될 수 있다.

6. 자격증 내 손안에 있다.

자격증을 취득하기 위한 첫발은 목표의식으로 부터 시작된다. 과연 나의 꿈은 무엇인가에서 부터 시작하여 그 꿈을 실현하기 위한 시간과 비용을 계산하여야 한다. 나의 꿈을 위하여 투자해야 할 시간과 경비를 결과와 비교해보아야 한다. 투자에 비하여 얻는 것이 적다면 그것은 무모한 도전일 수도 있다.

가) 자신에게 맞는 자격증 선택법

자기가 취득하고자 하는 자격증을 따게 되면 어떤 일을 하는지 정확히 파악하고 자신의 적성에 알맞은가를 생각해본다. 예를 들어 활동적이면서 여행을 좋아하는 사람은 관광통역안내원 자격증을 따는 것이 좋다. 자격증을 취득하는데 필요한 응시자격에 대하여 꼼꼼히 자신의 자격을 비교해보면서 응시자격에는 맞는지를 체크해본다. 예를 들어 학력에 의한 제한이 있는지 경력에 대한 제한이 있는지를 꼼꼼히 살피지 않으면 낭패를 보기가 십상이다.

자격증 취득을 위한 어떻게 공부를 해야 하는지를 위해서 다음과 같은 점에 대한 충분한 검토가 있어야 한다. 먼저 공부해야 할 과목은 얼마나 되는지, 공부해야 하는 기간은 얼마나 걸리는지, 경쟁률은 얼마나 되는지, 시험의 실시주기는 얼마 만에 실시하는지, 합격 인원은 얼마나 되는지, 주로 어떤 사람들이 자격증을 취득하는지를 따져 보면 자격증을 취득하기 위해 어떻게 접근해야 하는지를 알 수 있다.

나) 자격증을 쉽게 따는 방법

· 수험서 선정에 주의를 해야 한다. 당락의 결정은 수많은 수험교재 중에서 적중하는 교재를 올바로 선택하는 것이다.

· 무슨 시험이든 처음은 아무 준비 없이 교재의 1회분 정도의 기출문제를 풀어 자신의 위치를 확인해본다.

　－ 도전할 자격증의 출제 수준에 대한 기준 정립

　－ 공부할 기간 선정

　－ 독학/ 학원의 선택

　－ 공부 기간

공부 기간

종목	준비 기간	
기능사, 산업기사, 상공회의소	필기	기본서 숙지(15-30일)
	실기	1-2개월
기사	필기	과목별 문제집(2개월)→ 최종정리(2주)
	실기	1달- 2달
부동산/주택관리사/상담사/ 노무사 등등	기본서 숙지(4~ 6개월)→ 과목별문제집(2개월)→ 최종정리(2주)	

· 공부 방법

– 기본이론 완전 숙지 : 처음부터 너무 어려운 문제에만 집착하지 말고 기본적이며 출제빈도가 많은 사항부터 철저히 이해하고 소화한 후 깊은 내용으로 발전시켜야 한다.

급한 마음 버리기 : 어느 시험이든 기초가 되어 있는 상태에서 실력이 향상되는 것이므로 차분히 준비한다는 자세로 기초부터 준비하다 보면 실력이 저절로 축적되어 합격으로 연결된다.

– 생소하거나 독학으로 시간이 많이 걸리는 과목은 학원수강 : 생소한 과목을 혼자서 출제경향을 파악하고 수험대책을 세워 학습하기에는 정력과 시간의 낭비가 많다. 그러므로 비전공과목이나 특수과목에 대해서는 학원수강을 하는 것도 시간단축에 크게 도움이 되며, 또한 시험이 임박했을 경우에는 과목별 학습시간 안배에도 도움을 준다.

– 마지막에는 체계적 정리, 점검 : 평소에 아무리 많은 양의 학습을

했다하더라도 시험 전 2주간을 집중하여 마무리한다. 2~ 3일 전에는
실전모의고사로 자신의 합격 불합격을 측정하고 부족한 부분에 대하
여 다시 공부한다.

다) 좋은 수험서의 선택기준

좋은 교재의 선택은 수험전략 중 가장 기본사항이며 합격에 큰 영향
을 미친다. 따라서 좋은 수험서의 선택은 중요하다.

· 시험 합격자들의 조언을 통해 많은 합격자를 배출한 수험서를 선
택한다.

· 기본이론에 충실한 수험서를 선택한다. 기본이론이 지나치게 요
약되거나 보충이 많은 것은 그만큼 공부하는데 혼란을 가져온다.

· 편집상의 기교가 절제된 수험서를 선택한다. 너무 화려하게 편집
된 교재는 신경을 다른 곳으로 돌려 효율성을 떨어뜨린다.

· 이론을 일목요연하게 정리하여 눈에 잘 들어오게 기본 내용을 제
시하고 출제경향에 따라 요약이 잘되어 있는 수험서가 좋다.

· 그림이 너무 많은 교재는 이해는 좋지만 실속이 없는 경우가 많
다.

· 과대광고 문구보다는 책의 내용을 중요시해야 한다.

· 부록으로 제공되는 것은 의외로 쓸모없는 것들이 많다.

라) 좋은 학원의 선택기준

· 독학으로 공부하기 어렵거나 스스로 공부하는 습관을 기르기 어려울 때는 학원을 다녀서 효과를 극대화한다.

· 많은 합격자를 배출한 학원을 선택하며 강사의 유명도를 고려한다.

· 학원비가 비싸다고 꼭 좋은 학원은 아니나 큰 학원을 다니는 것이 좋다.

· 학원수강을 결정하기 전에 커리큘럼을 꼭 물어서 자신의 계획에 맞아야 한다.

마) 자격증 양보다 질이다.

우리는 분명 자격증 시대에 살고 있다. 이제 세계인들은 최소한 운전면허라도 따야 살 수 있는 세상이 되었다. 그래서 인지 많은 수험생들은 하나의 자격증을 취득하는 것에 만족하지 못하고 계속적으로 자격증에 도전하고 있다. 물론 나는 33개의 자격증을 취득하였다. 이처럼 자격증 취득이 우리나라에서 최고의 자격증 취득을 목표로 한다면 당연히 필요한 일이라 할 수 있다. 그러나 이러한 목표가 아니라면 굳이 시간과 비용, 노력을 들여 여러 가지를 딸 필요가 있나 하는 생각이 든다.

자격증을 많이 가진 수험생들이 자격증 취득 상태를 분석해 보면 워드프로세서 1급, 2급, 3급부터 시작해서 컴퓨터활용능력 1급, 2급, 3급을 따고 정보처리 기능사, 정보처리 산업기사, 정보처리 기사를 취득하여 순서적으로 한 종목에 대하여 여러 개의 자격증에 도전하고 있다. 그러나 결국 쓰는 것은 최고 상위의 자격증에 한하고 있다.

군이 여러 개의 자격증에 도전하고 싶다면 한 종목에 대하여 순차적으로 여러 개의 자격증을 따는 것보다는 한 종목에서 최고 수준의 자격증을 취득하고 다른 종목의 자격증을 취득하는 것이 앞으로 도움이 될 것이다. 예를 들어 정보처리기능사, 산업기사, 기능사 중에서는 기사를 따는 것이 좋고, 워드프로세서나 컴퓨터 활용능력 같은 경우는 1급을 따는 것이 좋지만 여유지 않으면 3급을 따도 전혀 문제가 없다.

바) 자격증의 허(虛)와 실(實)

우리는 자격증을 취득하면 무엇이든 마음먹은 대로 이루어지리라고 생각하는 경우를 종종 본다. 그러나 실제로 자격증의 취득과 함께 취업의 길이 열리는 것은 준고시와 맞먹는 공인회계사, 세무사, 감정평가사 등이 있다. 그러나 이런 자격증도 취득하면 현장에서 2~3년의 현장경험을 갖추어야지만 자격증에 걸 맞는 일을 하게 된다.

결국 자격증의 취득은 취업의 보장이 아니라 어떤 일을 하기 위한 기본 조건이라는 것을 명심해야 한다. 가끔 신문이나 잡지를 보면 자격증 취득과 함께 엄청난 수입이 보장되고 취업이 바로 된다고 광고하는 것이 있다. 그러나 그러한 광고는 수험서를 팔고자 하는 출판사나 학원의 과대광고에 속한다. 그리고 심지어는 전혀 업무와 관계없는 자격증을 가지고 자격증 취득과 함께 취업이 가능하다고 하고 있는 경우도 있다.

그러므로 광고만 믿지 말고 이미 자격증을 취득하여 그 분야에 종사하는 사람들에게 꼼꼼히 물어보고 확인해보아야 할 것이다. 주변에서 자격증을 취득한 사람이 없어도 확인하는 것은 어렵지 않다. 이미 인터넷에는 자격증을 이미 취득한 사람이 자격증을 취득하고자 하는 수험생들에게 공부하는 방법이나, 전망, 그리고 기출 문제를 제공하고 있는 경우가 많기 때문에 이들에게 질문하면 된다.

**취업
성공
바이블**

1판 1쇄 2010년 10월 1일

지은이 전도근
펴낸이 채주희

펴낸곳 해피앤북스
등록번호 제 13-1562호.(1985. 10 .29)
주   소 서울시 마포구 신수동 448-6
전   화 6401-7004
팩   스 080-088-7004
이메일 elman1985@hanmail.net

I S B N 978-89-963809-713810